Élisabeth Filhol

La Centrale

P.O.L

Née le 1ᵉʳ mai 1965 en Lozère, Élisabeth Filhol fait des études de gestion à l'université Paris-Dauphine. Elle entame une carrière dans le milieu industriel et vit aujourd'hui à Angers. *La Centrale* est son premier roman.

CHINON

1

Trois salariés sont morts au cours des six derniers mois, trois agents statutaires ayant eu chacun une fonction d'encadrement ou de contrôle, qu'il a bien fallu prendre au mot par leur geste, et d'eux qui se connaissaient à peine on parle désormais comme de trois frères d'armes, tous trois victimes de la centrale et tombés sur le même front. Un front calme. Depuis le début des années soixante et le raccordement du premier réacteur au réseau, le site n'a cessé de s'étendre par tranches successives, comme une agriculture extensive, dans une boulimie de terrain, sept tranches au total, d'une technologie graphite-gaz pour les trois plus anciennes qui sont aujourd'hui en cours de démantèlement, et le sol remis à nu par endroits et reconverti en aires de stockage. Un grillage électrifié boucle le périmètre. En deçà, c'est le silence. Ce qui frappe au premier abord, c'est ça. Hors le trafic routier et le bruit continu des aéroréfrigérants,

la perception d'un silence malgré tout sur toute
l'étendue du site quand on en fait le tour.

Je sors, elle est devant moi. Et parmi ceux qui
en sortent, de l'équipe du matin, une poignée
d'hommes traversent la route départementale
et marchent en direction du bar. Au premier,
je tiens la porte. Je devrais être parmi eux qui
vont boire après leur journée de travail pour
faire sas, comme par excès de sas et complexité
des procédures à l'intérieur, le besoin qu'on
éprouve d'une zone tampon avant de rentrer
chez soi, en dehors de l'enceinte, et pourtant
encore dans sa sphère d'influence, entre collègues qui en parlent et elle toujours à portée de
vue, et en même temps au milieu des autres,
ceux qui n'en parlent jamais, routiers, livreurs,
ouvriers de la société d'autoroutes, artisans, qui
pour certains ne la voient même plus, sauf en
première page des quotidiens régionaux quand
elle fait la une. Avant-hier, un sujet au journal de
vingt heures, on s'est réunis, chacun attend. Pour
ceux qui ont été interviewés et qu'on connaît,
vingt heures dix-sept. Et sur le temps d'interview,
ce sont trois phrases au montage qui ont été rete-
nues et c'est bien maigre, mais on voit la centrale,
et l'avoir là, à l'écran, avec nos réflexes ordinai-
res de téléspectateurs pour qui tout ça n'est pas
réel, et en même temps la reconnaître, parfois
même s'y reconnaître ou un collègue, c'est se

réconcilier provisoirement avec elle, et comme un crève-cœur qu'on en soit arrivé là.

Devant les grilles, en cas de coup dur, il y a une solidarité des syndicats qui filtrent et passent au tract, un par un, chacun des deux mille salariés qui entrent, dont la moitié seulement ont le statut EDF d'agent. Les autres, comme moi, ne sont là que pour les trois à cinq semaines que dure un arrêt de tranche, maintenance du réacteur et rechargement en combustible, de mars à octobre les chantiers se succèdent à travers la France et les hommes se déplacent d'un site à l'autre, tous salariés des sociétés prestataires. Tous solidaires donc, parce que dans des circonstances pareilles on n'a pas d'autre choix. Et les riverains ? Eux qui ne travaillent pas sur le site mais ont légitimité à se sentir concernés par ce qui s'y passe ? Ce qu'on lit dans les journaux et ce qu'en pensent les gens, c'est que trois décès par suicide à quelques mois d'intervalle, trois techniciens employés à la centrale, quoi qu'en dise la direction, sur le poids de la vie, et qu'on ne peut quand même pas charger la centrale de ce poids-là, alors que rien ne prouve que l'un ou l'autre, époux et père de famille, ait rencontré des problèmes dans sa vie privée, en posant néanmoins la question, et de ce fait en jetant déjà le doute, et de ce doute il restera toujours quelque chose, ce qu'en pensent les gens, sur la loi des séries, c'est qu'il y a en l'occur-

rence bien peu de hasard et trop de dysfonc-
tionnements, malaise des hommes, et sonnettes
d'alarme qui ont été tirées en vain.

Je sors du bar, elle est devant moi, de l'autre
côté de la départementale, entrée nord, entrée
sud. La centrale, des champs, la zone artisanale.
Les gens de l'industrie disent, le CNPE. Suivi
du nom de la localité, Fessenheim, Flamanville,
Tricastin, si on s'en tient aux sites encore en
activité, dix-neuf noms, et pour chacun des cin-
quante-huit réacteurs, le nom du site suivi du
numéro de la tranche, Nogent 1, Chinon 4.
CNPE pour Centre nucléaire de production
d'électricité. L'exploitant, la sous-traitance, et
les instances de sûreté, au total trente-cinq à
quarante mille hommes dispersés sur tout le territoire, avec des risques propres et une tournure
d'esprit. Derrière la centrale, le fleuve. Le pont
au-dessus du fleuve, d'ici on ne voit que le pont.
La sortie d'autoroute est à cinq kilomètres.

À l'heure du changement d'équipe, c'est un
flux croissant de véhicules et d'hommes qui rejoignent à pied l'abribus ou vont boire un verre à
plusieurs avant de se séparer. Je leur tiens la
porte, et eux entrent, on se salue. Au premier
coup d'œil, ils savent à quoi s'en tenir. De mon
air un peu décalé et du manque visible de tonus
chez moi, et peut-être aussi de la façon que j'ai
involontairement de ne pas les regarder en face,

ils déduisent l'essentiel, que j'ai atteint la dose,
et qu'on m'a mis au vert.

Je remonte à contre-courant le long du grillage
jusqu'au poste de garde. Accès limité. L'information s'affiche à l'écran. Le gardien reste
imperturbable, arrêt de tranche ou pas, on le
sent calé sur un rythme à l'année, nous devant
lui, et lui derrière la vitre. Entrées, sorties, des
centaines de visages par jour. Les uns nomades,
les autres sédentaires, et lui inamovible, pour
finalement toujours les mêmes gestes et une
parole économe, et comment ne pas en faire des
tonnes quand on est assis là ? Il a pris ma carte
d'identité, il a saisi mon nom. Il nous compare
moi et moi-même tel que vu par l'anthropomé-
trie, des gars discutent derrière moi, quand il
lève les yeux, il regarde loin au-dessus de nos
têtes, va-t'en savoir pourquoi ce besoin, assis haut,
de nous prendre d'encore plus haut, il tient
pourtant les rênes, c'est lui qui décide dans
l'enchaînement de ses gestes s'il accélère ou
pas, et pour nous qui défilons devant lui, du
temps d'attente ; parmi ceux qu'il connaît ou
reconnaît, certains se sentent suffisamment en
confiance pour faire un mot, sa réponse à lui,
toute une panoplie de réponses, dans une variété
de nuances qui n'est que le reflet de la variété
des statuts chez les travailleurs extérieurs, du
regard jeté au sourire léger, du sourire complice
au salut de la tête ou de la main, et jusqu'au

son de la voix qu'on finit par entendre ; mais
pour le rire, le rire franc et massif, il faut une
bonne plaisanterie de la part d'un gars placé haut
dans la hiérarchie du travail en centrale, je ne
parle pas de la hiérarchie officielle mais de
l'autre, celle qui circule entre nous, dont on se
fait une idée assez vite, et lui le gardien qui
connaît votre tête et depuis combien de temps
elle tourne sur les chantiers, qui dispose de tout
votre pedigree à l'écran, lui plus qu'un autre
détient les codes et le moyen de vous ennoblir,
simplement par la façon qu'il a de vous faire
l'accueil devant les copains.

Badge magnétique et code d'accès personnel. Deux chiffres, accès restreint. Quatre chiffres, accès en zone contrôlée. Un autre que
moi, ce matin, s'est présenté au poste de garde,
a franchi les contrôles, l'habillage, et a rejoint
les gars de mon équipe pour finir le travail. À
présent il se repose en essayant de ne pas y penser, ou de penser que ça n'arrive qu'aux autres,
une règle valable pour tous, le risque permanent,
statistique, de surexposition, et pour lui-même
l'exception qui confirme la règle, ou la pensée
magique, ça n'arrivera pas. Il est jeune, j'imagine, en bonne forme physique, et son corps lui
répond. Tant qu'il n'aura pas fait l'expérience
contraire, il s'en tiendra là. La relève. Comme
en première ligne à la sortie des tranchées, celui
qui tombe est remplacé immédiatement. Dans

la discipline, et les gestes appris et répétés jusqu'à l'automatisme. Il y a des initiales pour ça. DATR. Directement affecté aux travaux sous rayonnements. Avec un plafond annuel et un quota d'irradiation qui est le même pour tous, simplement certains en matière d'exposition sont plus chanceux que d'autres, et ceux-là traversent l'année sans épuiser leur quota et font la jonction avec l'année suivante, tandis que d'autres sont dans le rouge dès le mois de mai, et il faut encore tenir juillet, août et septembre qui sont des mois chauds et sous haute tension, parce qu'au fil des chantiers la fatigue s'accumule et le risque augmente, par manque d'efficacité ou de vigilance, de recevoir la dose de trop, celle qui va vous mettre hors jeu jusqu'à la saison prochaine, les quelques millisieverts de capital qu'il vous reste, les voir fondre comme neige au soleil, ça devient une obsession, on ne pense qu'à ça, au réveil, au vestiaire, les yeux rivés sur le dosimètre pendant l'intervention, jusqu'à s'en prendre à la réglementation qui a diminué de moitié le quota, en oubliant ce que ça signifie à long terme. Chair à neutrons. Viande à rem. On double l'effectif pour les trois semaines que dure un arrêt de tranche. Le rem, c'est l'ancienne unité, dans l'ancien système. Aujourd'hui le sievert. Ce que chacun vient vendre c'est ça, vingt millisieverts, la dose maximale d'irradiation autorisée sur douze mois glissants. Et les corps peu-

vent s'empiler en première ligne, il semble que
la réserve soit inépuisable. J'ai eu mon heure.
J'ai été celui qu'on entraîne à l'arrière du front,
cours théoriques puis dix jours de pratique sur
le chantier école, dix jours ramenés à huit
comme au plus fort de l'offensive quand on accélère l'instruction des recrues pour en disposer
au plus vite, et à quoi servirait d'investir davantage de temps et d'argent sur eux dont on sait
que la carrière sera courte ?

2

« Asseyez-vous. » D'un abord sympathique, la cinquantaine, ce n'est pas lui qui m'a examiné après l'incident. Barbe grise taillée court, le crâne dégarni. Et la peau exposée au soleil par une activité de plein air à l'année, peut-être la voile, au plus près c'est Pornic ou Les Sables-d'Olonne. Il a ouvert mon dossier et lit le compte rendu tel que rédigé par son confrère hier dans le temps même de mes réponses et sans me regarder. Les hommes changent. Le décor reste le même, un cabinet de consultation mis à disposition en bout de couloir, du mobilier métallique et des murs rénovés en jaune sur de la toile de verre, comme à l'hôpital quand on ne veut pas faire blanc, nu, impersonnel, ils sont trois médecins du travail qui se relaient sur la centrale et personne n'imprime sa marque, on arrive avec ses affaires et on les reprend, salariés et médecins tous logés à la même enseigne de la veste accrochée au dossier de la chaise, et du sac — pour

ceux qui en ont un — posé par terre côté fenêtre pour que ça ne gêne pas.

Il est assis en bras de chemise, un stylo dans
la main gauche, la fenêtre à sa droite, devant
lui la pochette en carton normalisée du dossier
médical avec mon nom inscrit dessus au mar-
queur noir. Il y avait une dizaine de ces dossiers
sur le bureau de la secrétaire, il a pris le premier sur la pile et validé mes nom et prénom, la
façon surtout dont on prononce le nom, avant
de me faire entrer. « Asseyez-vous. » La pièce a
été refaite récemment. Des gens discutent derrière la cloison. Un mot distinctement par-ci par-
là, mais pas plus, ça ne suffit pas pour suivre une
conversation dans son contenu, par contre le
rythme, la tonalité, le nombre d'interlocuteurs,
oui — du coup, sur des questions un peu per-
sonnelles, on ne peut pas s'empêcher de parler
plus bas. Pour l'instant rien n'est dit de ce côté-
ci, et le murmure des voix de l'autre côté fait tout
le fond sonore. Il prend son temps pour lire.
On sent qu'il a sa propre pulsation interne. Un
rythme bien à lui, qu'il impose, j'imagine, dans
ses consultations, quel que soit l'interlocuteur,
du plus timide au plus stressé, celui qui a du
temps à perdre ou au contraire qui n'en a pas
et ne se prive pas de le dire. Un rythme qui res-
pecte les hésitations, les temps morts, et tout ce
qui les remplit par l'activité normale des hommes
et des femmes derrière la cloison qui s'occu-

pent de l'administratif, les femmes surtout, on n'en croise pas beaucoup dans les centrales, voix, claquement des talons, sonnerie du téléphone.

« Vous vous sentez comment aujourd'hui ? — Aujourd'hui, ça va. » Il n'est pas dupe. Personne n'est dupe mais chacun joue son rôle, à la place qui est la sienne et en conscience. Mon travail à moi, c'est de tout faire pour le garder. Si je me sens bien ? oui. J'ai peut-être accusé le coup hier soir, un petit coup de mou, mais ça va mieux. La vérité, c'est que je me serais bien couché en rentrant, mais par correction vis-à-vis de Jean-Yves, je ne l'ai pas fait. J'explique qu'on partage à deux la caravane, lui travaille de nuit, moi en général le matin, on s'arrange comme ça.

Donc je ne l'ai pas fait. Pour passer le cap, on s'est assis dehors sous l'auvent, et on a bu une bière. Disons deux bières, mais pas plus. Et quand j'ai voulu me lever, le coup de massue. La tête explosée, et plus rien dans les jambes. On a du mal à l'admettre, le corps encaisse, digère, jusqu'à un certain point. Est-ce que j'ai franchi la limite ? Vingt millisieverts. Je devrais lui poser la question. Je sais que ma santé le préoccupe. Je sais surtout que pour la fiche d'aptitude — une visite et un tampon tous les six mois —, ça peut se jouer à pas grand-chose, et que des types comme lui, un peu sérieux, au moindre doute, ils n'hésitent pas à vous mettre hors circuit. On n'ira pas leur en faire le reproche, on ne peut

même pas leur en vouloir, mais de là à coopé-
rer, il y a un pas qu'assez peu de travailleurs sont
prêts à franchir. Donc lui, moi, chacun est dans
son rôle. Reste qu'à ce petit jeu, c'est quand
même lui qui aura le dernier mot. Il le sait, qui
tient la barre, sans brusquer les choses, tout à
l'heure je vais me déshabiller, avec les résultats
d'examens, analyses de sang et anthropo-gam-
mamétrie, son diagnostic, il va pouvoir le faire.
Est-ce que j'ai grillé mon quota annuel ? Je lui
pose la question, la seule qui en vaille la peine.
Il répond sans détour. À ce stade, ils ont du mal
à évaluer la dose que j'ai reçue. Il m'explique
pourquoi, quelles sont les difficultés, et qu'il va
me falloir vivre avec cette incertitude pendant
quelques jours, jusqu'à ce qu'on reconstitue
l'incident. Il ne me dit pas, je comprends votre
inquiétude. Il s'en tient aux faits. Je l'écoute.
J'entends ce qu'il dit, mais je ne retiens pas tout.
J'ai cette fenêtre à ma gauche depuis le début
qui s'ouvre sur le parking, je réalise que j'y
reviens, que je mesure le taux de remplissage
mécaniquement, que c'est ça qui m'occupe. Et
puis ces voix de l'autre côté, elles interfèrent
avec les idées, pour peu qu'on ait l'esprit moins
clair comme aujourd'hui, et des temps de réaction anormalement longs.

Il s'est interrompu, il me fixe d'un air inter-
rogatif comme s'il attendait que je réponde à
sa question. La question, il ne me l'a pas posée,

mais c'est tout comme. Il considère cette espèce de flottement chez moi, il ne bouge pas, il me regarde, et là malheureusement on sent qu'il a l'après-midi entière devant lui et que le silence pourrait durer, à charge pour moi de dire n'importe quoi, ce qui me passe par la tête, mais ça ne vient pas. Et plus j'y pense, moins ça vient, trou noir. Entre les murs vides et le froid du mobilier métallique.

« Racontez-moi votre travail. » Il a reculé sa chaise. Il tourne l'écran vers moi à contre-jour, il sélectionne le fichier prestataires, puis saisit son identifiant et mon numéro matricule. Par où je commence ? Si j'aime ou non, et comment j'en suis arrivé là ? On réfléchit dans ces cas-là, on pense par ajustements. J'interviens à l'ouverture des générateurs de vapeur. Pour l'ouverture, on n'a pas besoin de porter la tenue complète. La contamination est à l'intérieur. J'explique qu'on fait équipe à trois ou quatre. On se relaie pour poser les plaques qui assurent l'étanchéité avec le circuit primaire, comme ça, quand les collègues remplissent la piscine pour décharger et recharger la cuve en combustible, l'équipe qui contrôle les tubes du générateur est au sec et peut intervenir. À la fin du chantier, ils vidangent la piscine. On dépose les plaques avant la remise en eau définitive des circuits. Beaucoup n'aiment pas ce travail. Ils le font une fois, deux fois, et on ne les revoit plus. À cause du circuit primaire. Ils disent que c'est trop dangereux. Effectivement, c'est dangereux, mais il faut bien le faire, et quand on accepte ce genre de contrat, des missions on en trouve partout. Vous franchissez le seuil d'une agence, et c'est signé. Les agences d'intérim poussent autour des centrales comme des champignons, après des mois de galère on se laisse prendre par la facilité : vous entrez, c'est signé.

Mon curriculum à l'écran, tout mon parcours en centrale depuis dix mois, les habilitations, le bilan radiologique, l'incident d'hier, d'une main sur le clavier il fait défiler les pages. La table d'examen est installée au fond de la pièce derrière une demi-cloison. Pendant que je me déshabille, il m'explique qu'il va falloir que je revienne demain et après-demain pour un suivi. Et vendredi, on reconstitue l'incident sur le simulateur. On se verra avant. D'accord. Quels sont vos projets ? Je lui dis, en avril le Blayais, et en mai Tricastin.

L'eau de la Loire coule dans ses veines. Trois circuits. Circuit primaire et circuit secondaire, fermés. Circuit de refroidissement, ouvert. Ici la Loire, ailleurs la Seine ou le Rhône, jusqu'à la Manche, autant de prises d'eau anonymes dans les rapports d'inspection, désignées « source froide ». La Loire, de préférence dans son lit et hors gel.

Un seul des trois circuits ouvert, qui prélève, puis qui rejette dans l'environnement par le canal de sortie, ou bien qui recycle à quatre-vingt-quinze pour cent ce qu'il prélève par le canal d'amenée, le reste part en vapeur d'eau dans le ciel, un panache blanc au-dessus des installations que l'on voit de loin, qui les inscrit dans le paysage bien avant qu'on y soit, la marque du nucléaire. Blanc sur fond bleu, ici le ciel de Touraine, ailleurs l'Orléanais ou le Cher, soit d'aval en amont, Chinon, Saint-Laurent, Dampierre et Belleville. Au total douze réacteurs puisent dans

la Loire, d'une technologie américaine dite à
« eau sous pression » exploitée sous licence Wes-
tinghouse.

Trois cent dix degrés, c'est la température de
l'eau dans le circuit primaire. Non pas à l'état de
vapeur, mais à l'état liquide. Une eau qui circule. Il faut descendre à mille cinq cents mètres
de fond océanique pour trouver ça, à l'aplomb
des sources hydrothermales, une pression aussi
forte, qui rend possible ce qui ne l'était pas à la
surface, remonter le point d'ébullition de l'eau ;
là-bas, au fond des abysses, sans un rayon de
lumière, la vie, dans des conditions de pression
et de température qu'on pensait incompatibles
avec elle, et qui élargissent considérablement
l'espoir de la trouver ailleurs. Trois cent dix
degrés. Une installation d'eau maintenue sous
pression et chauffée à l'uranium 235. Pas un
germe. Rien, une eau pure. Elle baigne le cœur
du réacteur, absorbe son énergie et modère ses
réactions. L'eau du circuit primaire. Lui parfaitement étanche, et elle radioactive.

Vu de l'extérieur, rien d'inquiétant. Les panaches de vapeur s'élèvent au-dessus des tours réfrigérantes, et dans l'étalement des installations sur
cent cinquante hectares, c'est un lieu paisible.
Imposant mais paisible. Sous contrôle. À partir
de là, de cette perception immédiate, on imagine
le calme à l'intérieur, sur leur lieu de travail,
des agents statutaires, sécurité et continuité de

la production, soumis à aucune autre loi depuis l'origine. Trois agents en six mois. Et la question que tout le monde se pose, derrière un calme trompeur, l'emballement du système, et les hommes censés piloter la machine, maintenus sous pression artificiellement, qui se fissurent à leur tour, jusqu'où, quel est le point de rupture ? Des forces de cohésion du noyau, on ne sait pas grand-chose, mais on les met à l'épreuve, on en prend la mesure à ce moment-là, dans le bombardement des atomes au cœur du réacteur, l'exacte mesure d'une énergie de liaison quand le noyau se casse, une brèche s'est ouverte, un tabou est tombé par le geste d'un seul, et c'est la réaction en chaîne.

Le jour se lève au-dessus de la centrale de Belleville-sur-Loire dans le département du Cher. Une camionnette banalisée ralentit aux abords des installations, puis se range sur le bas-côté de la départementale D82. À son bord douze hommes de huit nationalités différentes, parmi eux des femmes, hommes et femmes indistinctement en combinaison rouge et casque blanc, cordes, harnais, mousquetons, sacs en toile noire pendus à la ceinture ou dans le dos. Ils sont bien équipés, bien entraînés. La cible est une des tours réfrigérantes. Vues du ciel, ce sont deux anneaux blancs posés au sol entre la route et le fleuve — dans l'angle que font la route et la rive gauche du fleuve. En réalité, deux énormes coques cylindriques de cent cinquante mètres de diamètre à leur base, légèrement étranglées à la taille, chacune repose sur une couronne de pilotis en béton armé, l'air extérieur pénètre entre les pilotis à l'intérieur de la tour et remonte par convection naturelle, en l'absence totale de vent — ce qui est le cas aujourd'hui —, le panache d'air chaud s'élève à la verticale dans l'atmosphère. Temps calme et sec, les conditions sont idéales pour lancer l'opération. Par la porte latérale de la camionnette, des membres du commando extraient deux échelles coulissantes à deux plans, hauteur déployée huit mètres. À cet endroit, le grillage de l'enceinte n'est pas électrifié. On est dans la partie non nucléaire des installations réservée aux ouvrages d'eau. L'entrée sur le site se fait rapidement et sans rencontrer de résistance, au matin, sous un ciel bleu de printemps, caméra à l'épaule, avec en fond sonore le souffle des aéroréfrigérants, les chants d'oiseaux de la campagne au réveil que rien ne peut perturber, et le cliquetis des mousquetons au pas de course, échelles sous le bras, course à découvert et en silence une fois franchie la clôture, trois hommes par échelle que l'on transporte ainsi, sans la replier, pour gagner du temps.

Au pied de la tour — des deux, la plus immédiatement accessible —, ils se regroupent. Le bruit du réfrigérant couvre les voix, et celui qui s'est posté un peu en retrait et dirige les opérations doit crier pour se faire entendre. Chacun lève la tête. Cent soixante-cinq mètres. D'une paroi parfaitement lisse en béton armé, évasée à sa base. Au sommet, le chemin de ronde. On y accède par une échelle extérieure sécurisée qui épouse la double courbure de la paroi. À gravir, combien de centaines d'échelons ? Et la sensation au fur et à mesure que l'on progresse que le bruit s'atténue — à mi-hauteur, on peut à nouveau s'entendre. Une fois là-haut, seuls. Un toit du monde. Dominant le paysage et les installations. Et la Loire qui plonge comme une artère vers les premiers contreforts du Massif central. Toucher au cœur et marquer les esprits, le symbole, la valeur symbolique de Belleville, c'est ça, sa position centrale sur la carte de France des installations nucléaires.

Par le chemin de ronde, à faire son tour de garde, on prend possession des lieux. La voie est étroite. On marche sur l'épaisseur de la paroi, entre deux vides, le vide extérieur et le vide intérieur de la tour agitée par les courants des échanges thermiques. Au fond de la cheminée comme au fond d'un puits, sous la colonne de vapeur d'eau, les canalisations du circuit de refroidissement, pompes, vannes, soupapes, bassin de collecte. En cas de rupture, accidentelle ou non, des centaines de mètres cubes d'eau se déversent par les galeries souterraines jusqu'au pied de la ligne d'arbres de soixante-quinze mètres du groupe turboalternateur, ça s'est déjà vu, une salle des machines totalement inondée en quelques minutes, pas moins de 20 000 volts à la sortie de l'alternateur, et des agents qui pataugent, pris au piège, et ne doivent leur salut qu'à la fiabilité des mécanismes d'arrêt d'urgence.

Au sommet de la tour, un homme prend la parole, filmé par un camarade. Il se tient accroupi, le dos calé contre la rambarde métallique. À sa droite, un membre de l'équipe se penche au-dessus du vide, contrôle la qualité des points d'ancrage et l'amarrage des cordes puis disparaît, tandis que deux autres, pris à leur tour dans le champ de la caméra, enjambent le garde-corps. Tous portent, enfilé sur leur combinaison rouge, un harnais de professionnel antichute avec reprise du poids au niveau des cuisses et des épaules pour pouvoir travailler en suspension les mains libres. L'homme témoigne, dos au paysage, en position accroupie par manque de recul, quelques mots pour dire les raisons de leur présence ici, sans prendre la peine d'argumenter ou de se justifier, convaincu que la cause est juste ; le bruit de fond s'amplifie au fur et à mesure que l'interview progresse, jusqu'au gros plan final sur le fuselage bleu marine d'un hélicoptère de la gendarmerie nationale en vol stationnaire.

Vu à la télévision, ce jour du 27 mars 2007 : six hommes descendent en rappel avec une grande régularité et dans une chorégraphie parfaite l'aéroréfrigérant de Belleville-sur-Loire, avant de se stabiliser aux deux tiers de la hauteur pour

peindre en caractères noirs le mot DANGER,
précédé par les trois lettres du sigle EPR. Chaque lettre visible de loin, plus de deux fois une
hauteur d'homme, environ quatre mètres. À ce
stade, l'alerte a été donnée. Trois hélicoptères
de l'armée peints en couleurs camouflage sta-
tionnent déjà au pied de la tour comme des
jouets miniatures, tandis que les forces de l'ordre
délimitent et encerclent une zone d'exclusion,
au total une soixantaine de gendarmes, parmi
eux des membres du GIGN qui seront rejoints
par un détachement de chasseurs alpins en début
d'après-midi. Image des six hommes pendus à
leur fil avec au-dessus de leur tête les pictogram-
mes qui flottent au vent, hélice noire à trois
pales sur fond jaune. Les militaires au sol ont
pris position mais laissent faire, ordre leur a été
donné de ne pas aller inutilement à l'épreuve
de force. Dans d'autres circonstances, j'imagine,
ça m'aurait plu, une telle mobilisation à une
heure de grande écoute, pour un geste qui se
veut spectaculaire, au nez et à la barbe des offi-
ciels en rangs serrés qui lèvent la tête ou répon-
dent embarrassés aux questions des journalistes.
Dans d'autres circonstances sûrement, une sympathie pour ce qu'ils sont, leur engagement, et le
culot d'une entreprise pareille. Mais aujourd'hui,
j'avoue, ça ne passe pas, parce qu'hier j'ai pris
ma dose, j'ai du mal spontanément à me sentir
solidaire.

Réveiller les consciences, alerter l'opinion.
Chez ceux à qui on demande d'aller toujours
plus vite et au moindre coût, qui font leur boulot et encaissent les doses, la prise de conscience
est déjà faite : la durée d'un arrêt de tranche
divisée par deux en quinze ans, la sous-traitance
en cascade, les agents d'EDF coupés de l'opé-
rationnel qui perdent pied, et cette pression
morale sans équivalent dans d'autres industries.
Donc oui, les dangers du nucléaire. Derrière les
murs. Une cocotte-minute. Et en attendant d'en
sortir, dix-neuf centrales alimentent le réseau
afin que tout un chacun puisse consommer, sans
rationnement, sans même y penser, d'un simple
geste. Solidaires, nous sur les sites, de ceux qui
y pénètrent et font le spectacle ? Le sont-ils
seulement de nous ? Ils descendront comme
convenu dans le calme pour le direct des journaux de vingt heures, escortés par les chasseurs
alpins, après avoir déployé la banderole aux
couleurs de leur association — la même banderole prévue un mois plus tard, jour anniversaire
de la catastrophe de Tchernobyl, comme chaque
année, le 26 avril, aux grilles de la centrale.

5

Après l'incident, on s'est occupé de moi. Il y a des intervenants pour ça, des étapes obligatoires, une méthode. J'ai été le cas sur lequel on déroule la procédure, et c'est une chose bien connue que, chaque cas étant unique, celle-ci à un moment ou à un autre doit être adaptée. Dans le domaine particulier des procédures d'urgence, aucun technicien, aucun ingénieur, même le plus inventif, ne viendra à bout du challenge qui consiste à tirer d'une situation toutes les conséquences en termes de risques, à envisager le pire pour en limiter l'impact, le pire dans l'univers des possibles n'étant pas une figure statique, facile à saisir, bien au contraire, en matière de pire on peut toujours faire mieux, et la réalité des incidents qui est riche et complexe est toujours une leçon d'humilité. Quand au risque nucléaire, le circonscrire à l'enceinte de confinement, idéalement on aimerait bien, on tend vers ça, pour finalement dans la pratique s'en remettre aussi aux statistiques, la probabilité que ça arrive ou que ça n'arrive pas, l'incertitude, son seuil de tolérance, etc., on imagine, des heures et des heures passées à dresser la carte des cas connus et répertoriés ou prévisibles, qui s'enrichit du retour d'expérience, et le reste, l'impondérable, les taches blanches, qu'on ne se représente même pas. Quand l'incident se produit, c'est grave ou c'est moins grave, sur l'échelle INES notée de 1 à 7 de la sûreté nucléaire, ça peut être grave collectivement ou de façon isolée pour un travailleur ou deux, les statistiques intègrent ça aussi, le bien du plus grand nombre et la quantité négligeable.

Donc dès l'instant où l'alerte a été donnée, je n'ai eu rien d'autre à faire qu'à laisser faire autour de moi ceux qui étaient là dans l'accomplissement normal de leur tâche et l'exercice de leur fonction, à charge pour moi de ne pas entraver la procédure, obéir aux instructions, répondre aux questions qu'on me pose. La sortie sous escorte médicale du bâtiment réacteur, le dosimètre que je dois leur remettre parce que d'autres dans ma situation étaient tentés à une époque de le faire disparaître, premier sas de contrôle, mesure de la radioactivité en tenue, second sas de contrôle, mesure de la radioactivité sans la tenue, douche — la contamination externe s'élimine par douche et brossage —, habits civils, transfert à l'infirmerie, examens,

questionnaire de santé, entretien. Entre deux prises en charge, on me demande d'aller attendre
sur un banc dans le couloir. Quand on est assis
là, on est dans la vie normale de la centrale et
des contrôles médicaux obligatoires à l'entrée
comme à la sortie, mais les minutes passent,
les visages changent, et on attend toujours. Une
certaine lassitude physique s'installe, qu'on
n'identifie pas encore mais qui va aller *cres-
cendo*, et qui explique sans doute le sentiment
de vivre ça un peu dans un état second, non pas
de somnambulisme ou de rêve mais de détachement, une sorte d'indifférence à ce qui pourrait arriver dans les prochaines heures — alors
à plus forte raison dans les mois ou les années
à venir —, l'impression d'assister à distance raisonnable à la grande entreprise du personnel
de santé au travail mobilisé comme pour un exercice d'entraînement en temps réel, et que ce soit
ce corps-là, le mien, qui soit au cœur du dispositif m'étonne un peu. Tant d'efficacité, de pro-
fessionnalisme, pour finalement quoi ? Pas grand-
chose, puisque l'engrenage bien huilé de la
procédure s'est enrayé, et c'est une petite pièce
métallique ramassée bêtement qui en est la cause
et le grain de sable — de l'avoir ramassée, après
coup, on se le reproche suffisamment, pas la
peine d'en rajouter, et pourtant il y a bien quelque chose de cet ordre qui flotte dans l'air.

   J'ai été pris en charge, ils se sont occupés de

moi, et quand il s'est avéré qu'ils bloquaient sur un point de procédure qui était l'impossibilité de mesurer sur place la radioactivité de la pièce et d'évaluer la dose de rayonnements que j'avais reçue, après les examens de routine, rassurés je suppose sur l'essentiel, ils m'ont renvoyé à la maison, à charge pour moi de revenir le lendemain pour d'autres examens et un suivi de la dose. Deux heures après, j'étais allongé, raide. Le temps de dîner entre collègues, de rentrer au camping et d'attendre Jean-Yves. On a bu deux bières ensemble, et ça m'est tombé dessus.

La formule à six euros. Plat, dessert, café, un quart de rouge. Quand j'ai voulu attraper mon portefeuille dans le blouson, les jambes n'ont pas suivi. Il n'y a pas eu rupture nette de l'alimentation, la mécanique répondait encore, mais différemment, plutôt comme une perte de fluide hydraulique dans les vérins, et alors l'énergie qu'il faut pour s'arracher à la banquette est considérable. Je me suis levé, sous le regard des collègues et dans une sorte de bourdonnement. Ça va ? Oui, ça va. J'ai préféré couper court, et pour faire court aller à l'essentiel, le billet sur la table, enfiler le blouson, traverser la salle, et ensuite laisser agir les automatismes, le parking, la voiture, la double priorité en sortant, franchir le pont, deux cents mètres après le pont prendre à gauche en direction du terrain de camping.

J'ai enlevé mes chaussures et je me suis assis à la table de la dînette. J'avais encore mon blouson sur le dos. Je me serais bien couché. J'ai regardé autour de moi, tout était propre, en ordre, les fenêtres avaient été ouvertes, on sentait la main de Jean-Yves derrière tout ça, et son savoir-faire pour mettre en quelques minutes n'importe quel espace de vie ou de travail au carré. Ça m'a fait du bien. Ce qui était au départ, de sa part à lui, un service rendu un peu contre mon gré — j'aurais préféré trouver une chambre indépendante chez l'habitant ou à l'hôtel pour les trois semaines de mission —, prenait une tournure différente. Les coussins dans le dos, au millimètre. Le tissu déhoussable de la banquette tendu net, un écossais dans des tons orange et brun. Sur une seconde main, on a rarement le choix. Mais c'est sans regret de ne pas l'avoir eu, tellement la gamme proposée en catalogue par les constructeurs est catastrophique. Sobre, uni, ils ne savent pas faire, et le temps et la mode n'y changent rien. Je me souviens, Loïc aimait ce genre de motifs. Dans notre tournée des concessionnaires, plusieurs fois il m'a fait la remarque, au premier coup d'œil, il est sympa ce tissu. Les goûts et les couleurs. N'empêche, on se sent proche de quelqu'un, et comme ça, brutalement, sur un détail, un fossé s'ouvre.

J'ai résisté à l'envie de me coucher et j'ai bien fait, car j'ai entendu la voiture de Jean-Yves qui

revenait de Tours où il avait décidé de passer
une journée sur les deux de repos qu'on lui avait
données d'office pour cause de retard pris sur
le chantier. De me voir assis à rien faire derrière
une table vide, il a été surpris. Et dans son regard,
en quelques secondes, j'ai vu passer l'intégralité
du raisonnement, pour une conclusion sans
appel, on va se boire une bière. Il a pris deux
canettes du pack qui était au frais, et on est allés
s'installer sous l'auvent.

6

Le terrain a été aménagé par la commune dans les années cinquante ou soixante. Aujourd'hui les peupliers coupe-vent plantés sur tout le périmètre ont atteint leur taille adulte. Il y a des bancs entre les arbres face à la Loire. On s'assoit là, et on oublie le reste. À l'heure du changement d'équipe, le camping s'anime de ceux qui partent et de ceux qui rentrent, et les moteurs diesel tournent au ralenti et font une ligne de basse avec des éclats de voix brefs par-dessus, puis le silence retombe et une léthargie s'installe. Que se passe-t-il derrière les portes des caravanes, fenêtres et rideaux fermés, entre le sommeil des uns et l'absence des autres ? Rien, car le temps va ici différemment, à l'écart du cours normal des choses, selon un rythme qui n'est pas celui de l'horloge biologique.

À chaque nouveau contrat, la question du logement se pose toujours dans les mêmes termes, quelque chose de correct à un prix raisonnable, un vrai casse-tête. Sachant que les locations temporaires sont prises d'assaut dans un rayon de dix ou quinze kilomètres autour des centrales, ils sont de plus en plus nombreux ceux comme Jean-Yves qui optent pour la caravane davantage par nécessité que par goût. Les municipalités prêtent des terrains, ouvrent les grilles des campings pour accueillir les ouvriers, les referment après leur départ jusqu'à la saison estivale. J'ai croisé Jean-Yves pour la première fois à Flamanville, début septembre, dans le bar-restaurant d'un hôtel qui fait aussi PMU et tabac. Je cherchais une chambre à louer. Ils étaient quatre au comptoir. Tous les quatre salariés de la même société prestataire, et lui en chef d'équipe davantage présent que les autres et respecté par eux pour presque le double de leur âge et sa maîtrise du geste technique. La question, c'est lui qui me l'a posée. J'étais arrivé par le couloir intérieur de l'hôtel qui a une entrée extérieure indépendante de l'autre côté, mais personne pour vous accueillir à l'heure creuse du début de l'après-midi, pas même l'indication faite à la clientèle de s'adresser au bar. J'ai commandé un café. S'il lui restait une chambre, pour combien de nuits, tandis que le garçon passait un coup de torchon devant moi, je ne savais pas encore, j'ai dit pour la nuit prochaine, il est parti chercher la patronne, et alors Jean-Yves m'a posé la question, si j'étais là pour l'arrêt de tranche,

des voitures se sont garées, les portières ont cla-
qué, la salle s'est remplie, et la conversation s'est
installée dans le brouhaha ambiant. Il avait une
tête de moins que tout le monde et l'embonpoint
de la cinquantaine, je me suis fait la remarque,
sans même un sourire de façade, il y avait chez
lui quelque chose de cordial et d'engageant, et
pas le moindre effort de sa part pour entretenir
ça, une sympathie naturelle de lui à vous, et
réciproquement, comme d'autres vous seraient
naturellement antipathiques. Dans les semaines et les mois qui ont suivi, à forcer un peu le
hasard, on s'est revus souvent. Toujours avec
plaisir, sans en rajouter comme savent plutôt bien
le faire les collègues dans le Sud par le côté
démonstratif des retrouvailles. Mais dans la
poignée de main, la première phrase dite pour
l'accueil et trois mots de réponse, il y a tout ça.
Quand on tourne depuis un certain temps sur
les chantiers, on finit à chaque arrêt de tranche
par croiser des têtes connues, et même en
l'absence d'un collectif de travail, des liens se
nouent, et chacun tisse sa toile et dresse sa carte
de France des meilleurs points de chute, un tel
qui vit ici l'hiver, ou un autre là-bas qui s'arrange
comme il peut d'une mise au repos forcée pour
cause de chômage technique.

   Dans le contrôle non destructif qui est le
métier de Jean-Yves depuis dix ans et le domaine
principal de son expertise — il en a d'autres, il

a été salarié de la centrale de Tihange en Belgique —, l'essentiel du travail se fait la nuit,
quand il y a moins de monde sur le lieu d'intervention. Le travail de nuit, j'en ai fait l'expérience
moi aussi par intérim. À défaut d'y prendre
goût, j'ai pu y voir des avantages, pas seulement
le salaire majoré, aussi la plage horaire de l'après-
midi. Pour les sous-traitants du nucléaire, au
travail en trois-huit s'ajoute l'obligation de se
déplacer à intervalles rapprochés de trois ou
quatre semaines. Ça devient plus facile avec le
passage à l'heure d'été. On peut alors travailler
la nuit, tout en ayant le jour des occupations et
un semblant de vie sociale. Pour ceux qui logent
en caravane ou à l'hôtel sans l'à-côté d'une vie
de famille, après la récupération du matin, le
temps libre jusqu'au soir, pour peu qu'on sache
en faire quelque chose, redonne du sens à la
journée et permet de tenir le cap, et la façon dont
chacun le remplit, qui n'a sur le sujet de comptes à rendre à personne, dans une libre disposition de ce temps qui n'est finalement pas si
fréquente, en dit long sur son caractère ou l'état
dans lequel il est. Chez ceux qui ont toujours
eu une activité — on les a connus comme ça —
et qui ne sortent plus que pour aller travailler,
qui aimaient la pêche, le sport, ou la mécanique,
on sent venir l'orage. Et c'est un moindre mal.
Car c'est déjà un signe.

Huit mois sur douze, la vie dans les caravanes, le quotidien rétrécit. Beaucoup le vivent
comme ça, qui sont des sédentaires dans l'âme
et ont besoin d'espace autour d'eux. Pour la
dizaine de pas qu'il faut d'habitude pour aller
d'une chambre à la cuisine, du lit à l'évier, un
seul pas suffit dans la Caravelair de Jean-Yves qui
n'est pourtant pas le modèle de base, mais un
modèle familial avec les options choisies par
le premier propriétaire, double dînette et une
chambre parentale indépendante, c'est la ter-
minologie officielle, concrètement une banquette
en U à l'arrière sous une baie coulissante, et à
l'avant une cabine de quatre mètres carrés avec
un couchage pour deux personnes. Investir dans
une caravane, Loïc y avait pensé. Un samedi, à
Royan, on a bien failli le faire avec l'argent
qu'il nous restait de nos missions d'intérim dans
l'automobile. C'était son idée. Et la visite au
zoo de La Palmyre au nord de Royan. D'abord
la visite, et sur le chemin du retour, boulevard
de la Mer, la succession des concessionnaires
multimarques, caravanes et camping-cars, le neuf,
les occasions et l'hivernage, je ne l'aurais pas
choisie mais j'aurais mis au pot pour moitié, et
une semaine plus tard, le temps d'installer l'atte-
lage, on serait venus la prendre ; il était enthou-
siaste, La Palmyre, le camping, un parfum de
vacances de gosse quand on ne les a pas eues,
moi je voyais le côté pratique, deux heures pour

plier en fin de chantier, on roule la nuit, et le lendemain c'est un autre chantier qui démarre. L'idée, comme beaucoup d'autres, est restée à l'état de projet. N'empêche, en rentrant le soir au CNPE du Blayais par la route touristique qui longe l'estuaire, on était contents. Contents d'avoir marché, d'avoir rêvé, surtout de s'être vidé la tête à la veille du jour J.

Notre carrière dans le nucléaire a commencé là-bas, sur les rives de la Gironde, formation théorique et entraînement sur le simulateur, jusqu'au jour de la première intervention. À deux on se serre les coudes, on se jette plus facilement à l'eau. Et le regard du copain compte alors autant dans la volonté de bien faire que la conscience qu'on a des enjeux. De cette première fois, de l'épreuve d'avoir été jetés ensemble dans le grand bain, on en reparlera souvent, pour consolider ce qui existe, ou pour jouir que ça existe, un lien solide qui éclaire tout d'une lumière différente et rend beaucoup de situations vivables. Donc le Blayais en juin. Puis Nogent-sur-Seine, Cruas, et Civaux sur la Vienne. À Civaux, pour Loïc, ça s'est mal passé. Moins de huit jours après le début des travaux, il s'est vu retirer son habilitation, sanctionné pour faute grave, et l'agence l'a expédié à la centrale de Saint-Laurent sur la Loire nettoyer les tours réfrigérantes. Le détartrage des tours, il n'y a pas pire. Dans la chaleur du mois d'août, au milieu des amibes et des

légionelles, et des produits chlorés qu'on mani-
pule, c'est du sale boulot. Au bout de deux semaines, les gars n'aspirent plus qu'à une chose,
travailler à l'intérieur, entrer en zone contrôlée ; quand on leur délivre les autorisations
d'accès, ils vivent ça comme une promotion,
d'accord ils vont prendre des doses, mais ça ne
se voit pas et le travail est propre.

Loïc sur les tours, direction Saint-Pierre-des-
Corps, changement pour Blois et Saint-Laurent.
Je reste à Civaux jusqu'à la fin de la mission. À
la veille de son départ, la rumeur qui circulait
depuis quelques jours gagne du terrain : l'intervention sur le générateur aurait mal tourné,
devant l'emballement de son dosimètre, il aurait
lâché ses collègues et déserté le chantier. J'attends
qu'il me donne sa version des faits, qu'il sorte
de son silence et me rassure, en vain. Poitiers,
place de la Gare. C'est ici qu'on se sépare après
six années d'aventures communes, à faire les
mêmes choix plus ou moins éclairés, à filer sur
les mêmes routes, à négliger les erreurs de pilo-
tage — ou parce que faites à deux et de concert,
à se convaincre qu'elles n'en sont pas —, à bâtir
ensemble des plans sur la comète, moi toujours
un peu à la remorque par respect du droit
d'aînesse, les deux années d'avance qu'il a sur
moi à la naissance, mais deux fugues et autant
de redoublements, on fera connaissance au lycée
Colbert à Lorient, sur les bancs de la terminale

STI génie électronique, à la rentrée de septembre 2000. Six ans plus tard, place de la Gare à Poitiers, refus de sa part que je descende, ça tourne court, la voiture en double file, son sac pris vite fait sur l'épaule et le claquement du coffre qui vaut signal de départ ; après on revoit les images, l'encombrement des rues ce vendredi soir, le siège vide au retour côté passager et le temps qu'il faudra pour s'y faire. Dans la chambre d'hôtel, deux lits dont un ne sert plus à rien, des affaires qu'il a laissées, qu'il devait reprendre, que j'ai toujours. Trop d'espace. Et le bruit des voisins que je n'entendais pas avant, sauf à de rares occasions, et alors comme des bribes d'une vie lointaine taillées chez nous dans le flot continu des paroles — les nôtres, ou celles de la télévision, ou l'empilement des deux. La chambre devenue trop grande. Je ne dois pas m'en plaindre. Au mois d'août, beaucoup de travailleurs ont du mal à se loger. Déjà en temps normal, c'est difficile. Le stress de finir loin, ou cher, ou entassés les uns sur les autres.

7

On reconstitue l'incident vendredi sur le simulateur. Convocation à quinze heures. Et puisque c'est bel et bien d'une mise en scène qu'il s'agit dans un souci de vérité et le respect du scénario comme sur un plateau de tournage — ils seront cinq autour du simulateur, chrono-mètre en main, et moi en tenue complète ven-tilée —, rien n'est pire que le film qu'on s'en fait et qui tourne en boucle dans les heures qui suivent l'incident, les yeux rivés sur le plafond de la caravane, scotché là par une fatigue qu'on sait bien ne rien devoir au hasard. Se revoir dans l'enchaînement mécanique des gestes. Se dire que ça n'est pas réel, simplement parce que ça n'aurait pas dû arriver. Mais la fatigue est là comme une enveloppe, et la nausée à l'inté-rieur, pour nous rafraîchir la mémoire. Allongé raide sur une banquette trop étroite, la gorge sèche et incapable d'avaler quoi que ce soit, on rêve de grands espaces. C'est d'abord le corps

qui encaisse. Mais de ne devoir cet état à personne d'autre qu'à soi-même ouvre une brèche.
On oublie les raisons valables du début, les bons
moments. Comment a-t-on pu en arriver là ? Il
y a trop de fatigue pour refaire le parcours, pour
inverser le cours de l'histoire, mieux vaut se
rendormir, et demain matin prendre une bonne
douche et se laver du cauchemar.

Bleu, vert, jaune, orange et rouge. En optique,
par longueurs d'onde croissantes. En radioprotection, par risque croissant d'exposition des
extrémités — mains, pieds, chevilles, avant-bras
— aux rayonnements ionisants. Les sources
radioactives sont réglementées. Les zones de
travail aussi, dès lors qu'un risque d'irradiation
ou de contamination existe. Trois pales d'une
hélice ou d'un trèfle à trois feuilles sur un fond
de couleur. Signe noir sur fond blanc, zone non
réglementée. Sur fond bleu, zone surveillée. Sur
fond jaune, vous entrez en zone contrôlée. Les
couleurs, on finit par les avoir en tête, le spec-
tre entier, de l'ultraviolet à l'infrarouge, avec une
attention particulière pour les couleurs chaudes,
la nuit surtout, comme une barre de fer chauffée à blanc qui passe par toutes les nuances du
rouge — pour ce qui en est de notre perception
à l'œil nu, limitée. Donc jusque dans nos rêves,
sans qu'on y prenne garde, dès les premiers
jours du stage d'habilitation quand on découvre la signalétique en vigueur et la logique qu'il

y a derrière. À la fin du stage, un questionnaire valide les acquis, et ceux qui échouent sont mis sur la touche. Lui aussi revient en rêve, pour conjurer le sort on essaie de répondre au plus vite, et les couleurs défilent, et jusque dans ces moments-là, la mémoire fidèle choisit les bonnes réponses, les zones surveillées en bleu, au-delà les zones contrôlées, vert, jaune, orange, et la zone interdite, trèfle noir sur fond rouge, brutalement les trois pales entrent en rotation d'un ventilateur qui n'a rien à faire là, vous voulez avancer, vous devez franchir le sas, mais c'est un courant puissant qui force à la marche arrière, et vous luttez devant, trèfle noir, le signe du nucléaire, sur fond rouge, rendu inaccessible, c'est la tête de mort des bidons de TNT qu'on devrait y voir, mais le rêve en décide autrement, et si la chaleur monte et en même temps la sensation de froid, c'est qu'on est en nage sous la couverture tirée on ne sait pas pourquoi jusque par-dessus la tête, et quand on se réveille dans le ronflement du voisin, la dernière image qu'on accroche est bel et bien celle du contre-maître qui vous dit d'avancer, mais vous ne pouvez pas, et qui ne voit rien, et qui vous intime l'ordre, et vous voulez lui dire ce qui vous empê-che, et vous empêtre, et vous luttez contre, et c'est un vent de tempête propulsé à votre rencontre, et vous luttez contre, vous voulez lui dire mais rien ne sort et le bruit est terrible, comme un rotor d'hélicoptère, et lui ne voit pas, n'entend pas, et rien ne sort de votre gorge, murée, vous ne pouvez rien dire et vous êtes en nage.

Au réveil tout est calme, hors les ronflements de Jean-Yves derrière la cloison.

8

Convocation à quinze heures, mais c'est trois quarts d'heure minimum qu'il faut prévoir pour passer les contrôles et enfiler la tenue. La pièce est peinte en blanc, et le sol carrelé. Posé au milieu, partie tronquée d'un générateur de vapeur, le simulateur fait l'effet d'une capsule détachée du module orbital qui aurait traversé l'atmosphère et atterri là. Le médecin m'accompagne. Ils sont déjà quatre réunis autour de la maquette et habillés en blanc, chacun selon son rang et sa fonction. En blouse et la tête nue, le médecin et l'inspecteur de la Sûreté nucléaire qui a fait le déplacement et supervise les opérations. Pour les techniciens de la radioprotection et le chef de chantier, pantalon et veste — version blanche du bleu de travail —, sans oublier le casque et la charlotte sous le casque ; et moi habillé comme le jour de l'incident en tenue complète dite « Mururoa », qui évite la contamination par contact direct mais ne protège pas des rayonnements.

Point chaud. Débit de dose élevé et contamination radioactive des surfaces. En situation réelle, il faut faire vite. On a été formé pour ça. Formation théorique et pratique. Dans la pratique, huit à dix jours sur la maquette grandeur nature de la partie basse du générateur dite « boîte à eau », de la taille d'une cabine Soyouz. Visite médicale d'aptitude, entraînement intensif et gestion du stress. À l'heure de la mise en orbite, tout y est ou presque, la tenue complète de protection — blanche, avec heaume ventilé et surbottes —, pour une descente en accéléré dans l'infiniment petit de la matière à défaut d'un voyage dans l'infiniment grand, la conscience du risque, le geste technique qu'on a répété, et la conviction que ce qui doit être fait doit l'être absolument, dans la responsabilité individuelle vis-à-vis des collègues et collective qui est la nôtre. La boîte à eau appartient au circuit primaire. L'eau maintenue sous pression vient directement du cœur. Elle y retourne après avoir irrigué les milliers de tubes en faisceau du générateur, et transmis sa chaleur à l'eau du circuit secondaire. À chaque arrêt de tranche, on vide les circuits et on vérifie les surfaces d'échange pour prévenir les fuites radioactives primaire-secondaire — c'est le travail de Jean-Yves et de son équipe, contrôle des microfissures par gammagraphie.

Vous intervenez sur le circuit primaire. Chacun sait à quoi s'en tenir. Des particules radioactives se déposent sur le métal. Il faut faire équipe à trois ou quatre pour se répartir la dose, et limiter à deux ou trois minutes les temps d'intervention. Après huit jours de maquette, on vous lâche en zone contrôlée sous la silhouette tutélaire du générateur de vapeur qui vous domine du haut de ses vingt-deux mètres d'acier, tel un sous-marin de poche de l'ère soviétique planté à la verticale, la tête en bas. À sa base, la boîte à eau. Et un trou d'homme de quarante-cinq centimètres de diamètre. Vous entrez, vous avez quelques minutes pour faire ce que vous avez à faire, c'est serré, vous le faites, vous sortez, un autre prend la relève, etc. Techniquement, ça n'est pas difficile, mais au moindre souci, à la moindre complication, vous prenez un coup de chaud, parce que le compteur là sur votre poitrine s'emballe, le dosimètre, et en dessous ça s'emballe aussi, et la respiration sous le heaume se cale sur un autre rythme. Point chaud. Ou comment ce qui est simple dans son principe devient compliqué dans la conscience qu'a chacun d'être exposé aux radiations et la communication du stress à l'intérieur de l'équipe.

L'inspecteur nous rappelle quels sont les objectifs et quelle méthode d'évaluation a été retenue. Je ne pense pas qu'il soit beaucoup plus âgé que moi. Il a pris de l'assurance en progressant dans la vie professionnelle, et sûrement qu'une poignée d'années supplémentaires lui feront du bien et renforceront la première impression qu'on a, en gommant le reste, ce qu'il y a d'un peu forcé et rigide chez lui. Reste qu'il s'adresse à moi autrement que comme à un matricule en tenue de cosmonaute, et ça me le rend plutôt sympathique ; de même que les efforts qu'il fait pour m'entendre répondre aux questions qu'il me pose, quand le chef de chantier répondrait volontiers à ma place.

Donc lundi matin, l'intervention sur tubes était terminée, on nettoyait le générateur après repli du matériel. Temps prévu pour l'intervention, six minutes. Trois intervenants. Font deux minutes. J'entre en dernier. Pour une ultime inspection, vérifier que rien ne traîne. À la remise en eau du circuit, c'est l'embolie, comme un caillot, ça file directement au cœur. La boîte à eau, un demi-bol en acier de trois mètres quarante de diamètre, coupé en deux par une plaque de partition, on en fait vite le tour, mais dans la difficulté des appuis, et l'équipement de protection qui gêne jusqu'à la prise en main de certains outils, on perd du temps. J'ai aperçu quelque chose au fond de la boîte. À quelle distance j'étais ? Je me place. Et ensuite ? Ensuite, je me suis penché. On a parfois du mal à faire la différence entre le composant d'origine et la pièce rapportée. D'un doigt, j'ai fait glisser la pièce. On me demande de refaire le geste, je le refais. Un gars de la radioprotection, chronomètre en main, note le temps. J'ai voulu l'examiner. D'une main — prise plus facile à ma gauche —, puis de l'autre — main droite. Manipulation maladroite à cause des deux épaisseurs de gants, et la pièce a failli m'échapper. Pendant ce temps, le compteur tourne. Débit de dose au contact à estimer, deux épaisseurs sur la peau — gants coton et tenue vinyle.

Une pièce en métal au fond d'une boîte à eau, la première question à se poser, d'où vient-elle ? Dans la tête, les images défilent avec la vitesse en biométrie des logiciels de reconnaissance d'empreintes en vue d'une identification, et c'est d'abord le matériel de chantier qui est passé au crible, on déroule le film, mais pas dans sa chronologie, dans une disposition étrange où les images se superposent comme dans un mille-feuille d'informations, la procédure entière découpée, chaque outil, chaque pièce importée de l'extérieur, avec toute la précision voulue par l'expérience des chantiers précédents, comme autant de briques élémentaires qui remontent en accéléré et s'empilent, formant un bloc compact en mémoire, livré tel quel, dans un raccourci saisissant, mais rien. Rien ne colle. Alors quoi ? Le générateur, certains éléments constitutifs, démontés puis remontés, et la pièce d'un immense puzzle qu'on aurait en main et qui manquerait à l'appel ? Et brusquement, l'idée qu'on sait être la bonne, qu'on aurait pu avoir plus tôt, et qui tour à tour vous donne chaud sous le heaume ventilé et des sueurs froides, parce que c'est de loin la première explication qui aurait dû venir à l'esprit. Je pose la pièce. Un seul objectif, sortir de là. M'extraire au plus vite. Mais la pièce posée avec précautions, et pas n'importe où. Visible au premier coup d'œil par celui qui passera le buste par le trou d'homme qui sert d'accès. En l'occurrence le chef de chantier, cinq minutes plus tard, agent statutaire, trente ans d'ancienneté, qui témoigne.

La pièce, il l'a identifiée immédiatement. Un frein d'écrou. Il pense qu'il s'est détaché de la cuve, et après un séjour assez long au cœur du réacteur, a migré vers la boîte à eau lors de l'épreuve hydraulique. Très irradiant du fait de son activation. Ce que confirme l'expertise par le laboratoire de métallurgie. Corps migrant activé. Ce corps-là au creux d'une main, la mienne, réelle ou non. Dans l'univers virtuel de la simulation numérique, l'avatar anthropoïde, c'est moi. On saisit les données : proximité à la source et temps d'exposition, géométrie et radioactivité de la pièce. Le débit de dose au contact sera calculé en tenant compte des équipements de protection. Réponse en début de semaine. D'ici là, on me paie à attendre. Vingt millisieverts. La dose maximale autorisée par

homme et par an, pour quatre-vingt-cinq kilo-
grammes de squelette et de muscles, avec un
peu de savoir-faire et de chance, chacun espère
répartir la dose sur un nombre maximum de
missions, il oublie qu'au premier incident sérieux,
on le mettra sur le banc de touche jusqu'à
l'année prochaine.

9

Travailleur DATR. Un soir tu rentres chez toi, tu es au taquet. Tu as dépassé le quota de dose réglementaire. Ça peut arriver n'importe quand, à n'importe qui — sous-entendu, même à quelqu'un comme lui, Jean-Yves, qui me parle du haut de ses vingt-cinq ans de pratique. Quand ça arrive, le coup de massue, tu le prends tel quel, sans broncher. D'avoir attendu des mois, l'épée au-dessus de la tête, quand l'épée tranche, tu tombes et restes assis, et c'est presque un soulagement. Pour n'importe qui d'autre sauf les copains qui comprennent et la fille de l'agence ou celle des ressources humaines qui compte sur toi l'année prochaine, pour tous les autres, c'est une occasion qu'il faut saisir pour faire le point et changer de métier. On les écoute. On n'a pas envie de se plaindre. Malgré que. On ne se sent pas en droit de le faire. On aurait nous-même tressé la corde ou forgé la lame, on nous dirait ça, que ça ne nous étonnerait pas. Pour-

tant. Quelque chose de central a été atteint. Et
la nausée et la fatigue, là-dessus, ne rajoutent
pas grand-chose. D'en être arrivé là, à vendre
son corps au prix du kilo de viande, on lui en
serait presque reconnaissant, au corps, de nous
imposer ça. Jean-Yves a raison, à devoir ainsi
payer sa dette comptant, on se croit quitte pour
l'avenir des conséquences. Les copains le savent
qui ont signé pour le même embarquement. Il
dit qu'à la maison, ce n'est pas pareil. Ceux qui
pensaient y trouver un refuge en font l'expérience dès les premiers jours. L'isolement, c'est
d'abord le rythme de la famille qui avait ce
rythme-là avant et n'en change pas, c'est aussi,
dans le regard de l'autre, la crainte, même si
on sait bien que non, que ça soit contagieux,
l'épouse qui va dormir ailleurs, les deux petits
ensemble, et elle par terre direct sur un matelas,
sous prétexte que. Un avant-goût. Si les compli-
cations devaient arriver un jour. On n'en parle
pas. On n'en parlerait pas. Il dit que lui, à tourner en rond, très vite, il a la nostalgie des chantiers. Il plaisante : « À cet enfer-là, je préfère
le nôtre, au moins on s'y sent en meilleure
compagnie. »

On est installés tous les deux dans la chaleur
de la caravane, le vent s'est levé, un vent d'ouest
qu'on appelle ici « vent de mer » bien que la côte
soit à plus de deux cents kilomètres. Pour la
pêche ou la baignade, c'est la Loire à cinquante

mètres en accès direct derrière le rideau d'arbres.
On range le matériel sous l'auvent. Jean-Yves a
monté ses lignes pour le lendemain. On se
retrouve devant une table mise et un repas tout
ce qu'il y a de structuré, entrée, plat, fromage,
bière ou café à volonté selon le programme
qu'il faut remplir derrière. À l'heure où les céli-
bataires se contentent d'une conserve vite fait,
d'un sandwich ou d'une pizza, c'est une règle
entre nous, pour les repas pris en commun, de
préparer à tour de rôle quelque chose qui vaut
la peine d'être partagé, pas de la grande cuisine,
même si Jean-Yves pourrait s'y mettre qui a un
vrai coup de fourchette éclairé et une sœur
cadette qui tient un restaurant à Namur, que ce
soit bon et en quantité ça nous suffit.

Sur l'écran, les images défilent du journal de
vingt heures dont on a coupé le volume du son
en attendant la météo. Il s'est levé, d'une main
il soulève le couvercle de la cocotte et d'un coup
de spatule retourne le rôti de veau que j'ai acheté
la veille. Il rajoute du sel et du poivre sur la jardinière, règle le gaz à feu doux, et referme la
cocotte. Dix minutes. J'ai mis deux assiettes et
un plat de charcuterie au milieu de la table. À
quelle heure tu pars demain ? Je ne sais pas. Je
dis, en fin d'après-midi ou en début de soirée.
Qu'est-ce que tu comptes faire ? J'ai un contrat
en poche, quatre semaines en avril au Blayais,
et en mai Tricastin, la deuxième quinzaine, ce

que ça vaut aujourd'hui ? Il le reconnaît, pas grand-chose, sauf peut-être le droit de me présenter et d'expliquer quelle est ma situation. Travailleur DATR, on n'y pense pas avant. D'avoir signé sous condition. Quand la condition tombe, le contrat tombe aussi. On manque de lucidité, quelque chose a du mal à passer la barre. Ce qui résiste au réel, c'est ça, le risque, l'appréhension du risque, on en connaît le prix, à valeur de prime en pied de page sur le contrat, ou plus haut le montant brut du salaire un peu meilleur ici qu'ailleurs, et l'indemnité journalière pour frais d'hébergement sur laquelle on économise quand on s'arrange à plusieurs pour la location. Donc du risque, on cerne assez bien les contreparties, rapidité d'embauche et rémunération, mais on prend moins facilement la mesure. Parce qu'une agence s'engage, on se réjouit un peu vite. Chinon, le Blayais, Tricastin, j'avais trois mois de visibilité, j'étais content. Il me fait la remarque : « Aujourd'hui tu as douze mois devant toi. » Sous-entendu, douze mois d'interdiction d'accès qu'il va falloir mettre à profit. Facile à dire. Douze mois ferme sur un geste idiot. Curieux d'y voir un tremplin. Et en même temps, abandonner le métier, tourner la page, à quoi bon ? L'industrie nucléaire plutôt que le bâtiment ou l'automobile, certains y trouvent leur compte. La preuve, on en croise tous les jours qui pourraient changer de vie, ils ont eu leur lot de galères, et pourtant ils sont là, qui en redemandent. Qu'est-ce qui les attire ?

On en croise, Jean-Yves le reconnaît, même s'ils ne sont pas très nombreux. Il se tient debout dans l'angle de la cuisine en L, calé contre l'évier en inox, il a sorti la planche pour le désossage ou la découpe, il débite le rôti, rassemble les tranches au milieu d'un plat au fur et à mesure, puis verse la jardinière. J'aime bien l'observer. Même sur des gestes simples, j'aime bien observer la manière qu'il a, et qui n'appartient qu'aux gens comme lui, de faire les choses. Il me dit sans lever la tête, il n'y a rien pour toi ici. Rien à chercher que tu ne puisses pas trouver ailleurs. Sauf à le faire, venir et t'entêter dans cette voie, pour de mauvaises raisons. Il a pris le plat, le pose en bout de table sur un torchon plié en quatre. Il me fait signe, sers-toi. Il s'assoit. D'après lui, ces gars ne sont pas nets. Ils jouent à se faire peur. Jeunes pour la plupart. De toute façon, à ce rythme, on ne fait pas de vieux os. Ce qu'ils aiment dans leur travail, c'est les sensations fortes. Tu les regardes le samedi soir, comme des bizuths en permission, tout ce qu'ils sont capables d'ingurgiter debout, après ça la première fille qui passe et veut bien les suivre est la bonne. Partout, c'est le besoin de vitesse quand ils prennent le volant, et le besoin de partir dès qu'ils en ont fini avec la fille. Les mêmes, tu les retrouves en trois-huit, toujours à fond, de jour

comme de nuit, increvables, à te demander certains jours avec quoi ils tiennent. J'en ai vu
s'effondrer comme ça sur un chantier, raides.
Tu les évacues, et le lendemain un petit jeune
arrive avec la même assurance. Bien sûr, il faut
avoir des tripes. Mais avoir des tripes, ce n'est
pas se shooter à l'adrénaline. Tu peux en croiser qui sont compétents, c'est bien ça le pire,
des gars valables qui jouent à se détruire à petit
feu, tu ne sais pas pourquoi, quand d'autres travaillent ici pour vivre, eux ce qui les attire, c'est
le danger, la certitude tous les jours de pouvoir
se mettre en danger, qui n'est pas à la portée de
n'importe quelle tâche dans une industrie quel-
conque. Ils viennent d'horizons différents, mais
jamais parmi eux tu n'en trouveras qui ont su
rester plus de six mois en poste. Le nucléaire,
finalement, ça leur convient, tant que le corps
joue le jeu, pas d'attache, le tour de France, et
dans la durée quand même. À ce rythme, l'argent
file vite. Il fait un geste. Chez nous, ça file vite,
chez eux, plus vite encore. Quand ils arrêtent,
ils sont comme au premier jour, la voiture garée
devant l'hôtel et deux sacs dans le coffre, mais
cinq ans de plus. Et le corps qui, en cinq ans,
en a pris le double.

Il fait nuit. Derrière les parois de la caravane,
le vent souffle de l'ouest et traverse les peupliers
plantés en bordure du terrain. Rien ne semble
devoir troubler le calme. Il y a des bancs en

ciment face à la Loire. L'été, les enfants jouent
au pied du talus sur le chemin de halage, ou
plus loin en contrebas dans le sable et se bai-
gnent, et le vent rapporte leurs cris par-dessus
les bancs et les branches, jusqu'au milieu des
tentes. Jean-Yves a sorti sa bière de réserve. On
est assis sur la banquette, rideaux tirés. Il parle.
Ça fait du bien. Il a une présence, quand il parle,
qui emporte l'adhésion. Il n'y a rien d'autre à
faire qu'à l'écouter, à s'intéresser, à y mettre
son grain de sel de temps en temps, mais ça n'est
pas obligatoire, c'est comme on veut, comme on
le sent, la conversation il l'entretient très bien
tout seul. Je tire profit de la situation, de cet
élan qu'il communique aux autres, rien qu'à
l'entendre, à le voir agir, par simple contact,
comme les surfaces d'échange primaire-secondaire, dans le respect et l'étanchéité des circuits,
qui vous remet sur pied et vous redonne envie
d'entreprendre. Même si après coup, hors de
ce champ d'énergie, l'effet se dissipe, c'est toujours ça de pris, ce moment-là, dans l'odeur de
viande qui remplit l'habitacle, l'envie de faire
et la faim qui va avec. Le vent souffle dehors,
des images muettes défilent sur l'écran. Là-
dessus, la voix de Jean-Yves prend toute sa place,
à sa mesure, puissante, chaleureuse, sans risque
pour moi de devoir combler les silences. J'aime
l'écouter, le regarder, ça me repose. Quand chez
d'autres c'est un monologue qui n'en finit pas

et ne vaut que par le flux continu qui se répand et soulage celui qui parle, ou alors simplement il s'en régale et celui d'en face qui l'écoute et a la même faim n'a qu'à faire abstinence, quand d'autres font irruption et déversent à vos pieds les tonnes dont ils sont excédentaires, comme devant les grilles de la sous-préfecture, les revendications en moins, quand ils vous parlent et vous pourriez être n'importe quoi de vivant ou non, n'importe quelle surface réfléchissante, ils parleraient pareil, Jean-Yves lui a une façon d'occuper le terrain qui vous soulage de devoir le faire, et en même temps vous interpelle, et bizarrement toujours ce qu'il dit vous concerne, et quand l'intérêt baisse, d'instinct il redresse la barre, il a un savoir-faire pour ça, si bien qu'au final c'est le compagnon idéal des timides, des taiseux, et des jours de blues.

Il parle d'Electrabel qui est l'opérateur dans son pays, la Belgique. Et de l'apprentissage qu'il y avait autrefois dans les centrales avant le rachat par Suez, du lien étroit, solide, entre le gars qui arrivait et celui dont il copiait les gestes et les réflexes de prévention. Et c'est un autre monde qui s'ouvre, dans la fierté du métier et les relations fortes entre les hommes, cette force de l'expérience et de la transmission qui s'interposait pour l'ouvrier jeune entre lui et l'univers menaçant, confiné, du travail en centrale. Il a sorti sa meilleure bière, celle dont il fait un trafic transfrontalier quand il travaille sur les chantiers de Gravelines ou Paluel. Je suis là, embarqué sur son canot, et lui à la rame avec sa poigne d'homme du Nord, le canot lentement sur tout un réseau d'écluses et de bassins, et sa parole fluide, son accent qui donne du poids aux mots et parfois presque un autre sens aux histoires, aux anecdotes, qui sont pourtant les mêmes là-bas qu'ici.

10

Je suis parti tard et j'ai roulé. Un break Audi m'a doublé à la barrière de péage de Châtellerault et je l'ai pris comme lièvre, calé sur son rythme, à bonne distance, il trace sa route et m'ouvre la voie, le premier flash sera pour lui en cas de contrôle.

J'ai aimé ça, prendre le volant de la 306 aux côtés de Loïc, quelle que soit l'heure. Au début, c'était d'une seule traite — avant de travailler dans le nucléaire. Déjà l'intérim, déjà entre deux contrats on préférait faire le trajet de nuit et dans l'élan de la journée de travail, mais à la hussarde, sans jamais faire de pause sauf stop obligatoire à la station-service. Et là toujours pressés, non plus cette fois de partir mais d'en finir, et sous prétexte de ne perdre du temps ni au départ ni à l'arrivée, ne rien admettre des signes avant-coureurs, et laisser un état s'installer qui n'est pas sans risque, et aimer cet état planant de fatigue accumulée et le danger qui va avec. J'ai aimé ça, prendre le volant, avec comme seul objectif le point P à atteindre. Dans le nucléaire, une ville classée moyenne — moins de dix mille habitants — à l'écart des grandes agglomérations. Et toujours les installations à l'écart de la ville pour limiter l'impact en cas d'accident. On quittait le site après une journée de travail, à destination du prochain chantier, en n'ayant rien d'autre comme obligation que d'être à pied d'œuvre le jour J. De ce jour, tel que stipulé au contrat, nous séparait parfois plus de temps que nécessaire, ou au contraire tout juste de quoi faire le trajet — dans ce cas la voiture nous attendait sur le parking avec le plein, pour l'itinéraire, on avait vu ça la veille. Quand on prenait la route ensemble sur de longues distances, c'étaient des quarts la nuit comme en haute mer, corrects sans plus pour la qualité du sommeil, et pourtant réparateurs par un mécanisme étrange de relâchement et d'immersion totale dans une bulle sonore. Au matin, il ouvrait la fenêtre, grillait ses cigarettes, et on parlait. Il avait les quelques années de plus que moi qui faisaient tout l'intérêt du face-à-face. Pour deux types comme nous, d'accord sur l'essentiel, il fallait au moins ça. Et de l'image que chacun retrouvait dans l'autre de son futur proche ou de son passé pas si lointain, je garde le souvenir de ces heures passées à se raconter à celui qui n'en revenait pas d'être capable lui aussi de le

faire, un truc de filles, et même la musique servait à ça, à tester jusqu'où dans le parcours de
chacun et ses projets pour l'avenir iraient les
points communs. Et sur cette voie-là, qui n'était
pas franchement l'autoroute du futur, plutôt une
voie du réseau secondaire, c'était lui mon lièvre,
qui me donnait à voir par les années d'avance
qu'il avait prises, ce que j'allais devenir. Je le
regardais filer, conduite souple et vitesse non
réglementaire. J'étais confiant, prêt à l'imiter
dans ses entreprises et l'enthousiasme communicatif qu'il en avait.

Je roule, il fait nuit. Le conducteur de l'Audi
tient son cap et je tiens ma distance, l'aiguille
de mon compteur calée sur sa vitesse, ses feux
arrière en point de mire. Le paysage défile derrière la vitre, éclairé par endroits. Il y a dans le
coffre, sur la banquette arrière, tout. Tout mon
patrimoine. C'est un rêve de gosse. Rouler la nuit
et avoir avec soi, dans un seul mobile, du contenant au contenu, tout ce qu'on possède, ou
parmi les choses qu'on possède, celles qui nous
sont vraiment utiles et dont on peut se contenter, avec lesquelles on vit très bien et qui finissent par être tout notre bagage. C'est un rêve
facile, mais pas forcément de liberté. Comme
un mode de vie traditionnel. Partir et tout emporter. Ou ne rien laisser derrière soi, ce qui est
l'autre point de vue. Ne rien laisser d'autre que
la trace de son passage à valoir pour ceux qui

suivent, et parfois en arrivant, découvrir la marque laissée par ceux qui nous ont précédés, qu'on imagine suivre la même trajectoire que nous selon la même ligne de fuite, alors que non, dans la pratique ça ne se passe pas comme ça ; nomade, ce n'est pas l'exploration continue de nouvelles terres, c'est une façon d'être en boucle, mais alors sur un territoire suffisamment vaste, et dans des intervalles de temps avant de retomber sur ses propres marques suffisamment longs, pour que l'impression d'être en boucle ne vienne pas, même si le temps se referme et que les années s'empilent, même si tous les lieux se superposent, et les saisons, et les visages des rencontres, il reste le mouvement, cette certitude jusqu'au bout d'être en mouvement.

Partir, façon compagnonnage, aller d'un chantier à l'autre et tout transporter, l'essentiel n'ayant pas nécessité à l'être que l'on retrouve à chaque étape, on voyage léger, et rien n'est plus rassurant que d'avancer comme ça sans charge inutile. Façon compagnonnage donc, avec la Cayenne mais sans la Mère, et tout ce qu'on imagine de cette communauté forcée pour qui n'aime pas spécialement la vie communautaire. La Mère, en maîtresse femme, qui les régente tous. Rien ne les force à y entrer — pour les valeurs —, à y rester. Excepté ce goût qu'ils ont du travail bien fait, transporté des cathédrales aux zones franches, qui est leur marque de fabrique, du Tour de France ou du Devoir, tous compagnons, qui pour en être n'en sont pas moins des hommes qui ont le droit de douter ou d'avoir des regrets certains soirs. On imagine, entre eux, une seconde famille. Et pour ceux qui n'en ont jamais eue, ou qui auraient préféré en avoir une autre, dans chaque ville, quelque part, à la manière ancienne, un endroit, et là, derrière les murs, une vraie solidarité et de vrais liens d'affection, ou de rivalité, ou de crainte, et de respect, et tout ça mêlé, avec des contradictions et des moments de joie, comme partout, comme dans toutes les fratries.

Travailleur itinérant, de cette façon-là où chacun se reconnaît dans l'autre, sur la route, à la halte du soir, sur un chantier, qui a la même poignée de main ou le même jargon que toi, et qui avec toi, car deux personnes suffisent, constitue un cercle magique, parfois à trois ou quatre, mais toujours en comité restreint, par construction, par le principe même qui préside à l'organisation de la main-d'œuvre d'un bout à l'autre du territoire. Reconstituer partout des rapports d'une intensité, d'une vérité immédiates, cette vérité qui prendrait au moins dix ans dans la société civile, des liens hérités d'un autre âge qui donnent le temps nécessaire aux hommes pour se connaître, comme le maître au compagnon pour parfaire son travail et en être fier. Il y a partout comme ça en France des îlots, et probablement ailleurs à travers l'Europe, et dans ces îlots une tradition restée vivante, qui force l'admiration ou qui fait sourire, avec ou sans nostalgie, comme on sourit d'une entreprise à contre-courant de l'époque.

Travailleur itinérant. J'aurais aimé le faire d'une autre manière que de cette manière-là, moderne, évaluée en jours/homme et temps machine, quand les mains ne produisent plus rien de solide et de constructif pour celui qui les dirige. Je roule, et à travers la vitre je change de lieu, pour retrouver devant moi ce qu'il y a derrière. Combien de trajets, combien de contrats signés depuis mes débuts dans la vie active ? Du paysage qui défile, je ne sais rien. Ni de la géographie de la France. Ni des dizaines de milliers de kilomètres affichés au compteur qui auraient au moins pu servir à ça, à rassembler quelques pièces du puzzle, que d'un trajet à l'autre une carte se dessine, une certaine idée du pays, alors que là rien, il ne m'en reste rien ; et de toutes ces séquences derrière la vitre qui s'additionnent par portions d'autoroutes et stations et péages successifs, et alternance de phares, de zones urbaines et de nuit noire, en quatre ans, s'il faut en détacher une seule ayant valeur d'exemple, pourquoi pas celle-ci, qui à sa façon vaut pour toutes les autres et que j'ai sous les yeux, d'un trajet de nuit au début du mois d'avril 2007, entre la centrale de Chinon en Indre-et-Loire et celle du Blayais en Gironde.

LE BLAYAIS

11

J'ai fini la nuit sur la banquette arrière, coincé au réveil entre deux poids lourds espagnols qui n'étaient pas là cinq heures auparavant quand je me suis garé, et le temps de traverser le parking de la station-service, de prendre un café double au distributeur et de parcourir les titres de *Sud-Ouest* perché derrière la vitre, je lève les yeux, ils sont déjà partis. Curieux mélange. De nomadisme et de règles strictes d'organisation et de rentabilité. Je sors de la boutique, dans les haut-parleurs derrière moi il est sept heures, devant moi le soleil grimpe à l'assaut d'une journée qu'ils annoncent quasi estivale sous une ligne La Rochelle-Grenoble, j'aurais pu filer plein sud cette nuit jusqu'à la frontière, j'y ai pensé.

On quitte l'autoroute A10 à Mirambeau. De Mirambeau en direction du Blayais, la départementale sillonne les douze derniers kilomètres d'un plateau calcaire. Des collines, de la vigne, des champs de céréales. Par endroits, l'encaissement de la route ou simplement un alignement d'arbres entre deux champs coupe la perspective. Puis le plateau s'interrompt, et d'un coup la vue s'élargit. Ce qu'on domine alors du haut de la falaise morte, c'est l'espace ouvert, sans limite, des polders. Je scrute le ciel, par réflexe, machinalement, je cherche dans leur ascension les panaches blancs de vapeur caractéristiques des centrales électriques, mais il n'y a pas de tour réfrigérante au Blayais, donc aucun signe distinctif de sa présence à vingt-cinq kilomètres à la ronde comme c'est le cas à Chinon. Bientôt la route bascule, et on entame la descente sur la Gironde.

Dès l'entrée du village, un premier rond-point détourne le trafic de la traversée par la rue principale. Le camping-car devant moi ralentit, une caravane le précède tractée par un fourgon, le village est désert, sous un ciel net, pas un nuage, et les hommes au volant, vitre ouverte, négocient le virage avec la même conduite souple et le même regard qui porte loin, un peu flou après une nuit de trajet : on est à deux jours de l'arrêt de tranche, de partout les énergies convergent vers la centrale. Il y a ceux comme moi qui se présentent la veille ou l'avant-veille de l'ouverture du chantier, qui font la tournée des agences prêts à saisir la première mission qui se présente ; et les autres, contrat en dur, primes et intéressement, ils sont salariés des sociétés prestataires, avec là aussi des nuances et une hiérarchie, mais dans l'ensemble, au regard de la situation d'un intérimaire, la leur peut paraître enviable.

Des agences d'intérim, au Blayais, il y en a trois. La première, cent mètres après la mairie quand on remonte la rue principale en direction du stade, est une enseigne locale. Les deux autres, affiliées à des réseaux nationaux, se font face un peu plus loin à l'entrée de la zone artisanale. Trois agences, pour une commune de moins de deux mille habitants. La centrale, premier contribuable et premier employeur, et comme en écho à autant de recettes fiscales, la démesure des infrastructures sportives et de loisirs qui en dit long sur la contrepartie à payer. En vitrine, des métiers plus familiers que d'autres, soudeurs, mécaniciens, électromécaniciens, pour ce qu'on en connaît, téléphonistes, magasiniers, gardiens. Et d'autres qui surprennent au premier abord, échafaudeurs, nettoyeurs, décontamineurs, calorifugeurs, robinetiers, tuyauteurs, techniciens en contrôle non destructif, dont on aurait du mal à dire quand on débute dans le métier en quoi leur bizarrerie peut à la fois nous attirer et nous mettre mal à l'aise, et qui font pourtant le plus gros contingent de l'offre, on soupçonne bien qu'il y a un rapport entre les deux, des postes à pourvoir par dizaines, et en l'absence le plus souvent d'un descriptif, sur la seule foi de l'intitulé et de ce qu'il recouvre, on se prend à imaginer le reste, les gestes traditionnels, et en quoi ces gestes dans le savoir-faire du travail en centrale sont relégués au second plan au profit d'autre chose. Mais tout de même, des postes à pourvoir, du jour au lendemain, une économie de l'offre, c'est bien ça l'essentiel.

On pousse la porte, et c'est signé. Qui n'a jamais fait ce rêve ? Après avoir jeté un coup d'œil sur les annonces affichées en vitrine, par ce seul geste exprimer sa motivation, la dame se charge du reste. Vous entrez, vous n'êtes ni le premier ni le dernier, elle est là, disponible, elle répond au téléphone mais son sourire est pour vous, et son regard aussi qui entame déjà le dialogue, et son bras qui vous invite à tirer la chaise et à vous asseoir, ce que vous faites, c'est dans la poche, le job est pour vous.

Métiers à risques. Pourquoi certains franchissent le pas et d'autres non ? Il y a la nécessité, l'urgence, mais pas seulement. Ce qui est à l'œuvre là-bas, au cœur de la centrale, en fascinera d'autres après nous, ce mélange des genres. Comme d'avoir une tension en soi, une crainte sourde, ça n'enlève rien. Le fait qu'à l'attirance soit mêlée autre chose. Certains viennent pour ça, Jean-Yves a raison. Disons qu'on peut venir pour ça, d'autres l'ont fait, certains le font encore. Aussi, bien sûr, pour tout un tas d'autres raisons. Mais en dernier ressort, pour aller jusqu'au bout, pour atteindre ce point vers lequel tous les désirs convergent dans leur ambiguïté, ce point central d'où tout part, d'où toute l'énergie primaire est issue. S'en approcher au plus près, sentir son souffle. D'une telle puissance. Dont on connaît bien les effets dévastateurs. Mais qui a sur les hommes, du moins certains hommes, une force d'attraction incomparable — sur certaines femmes aussi peut-être, je ne sais pas, il n'y a pas beaucoup de femmes dans les centrales.

Notre premier contrat, Loïc l'a décroché en juin dernier par l'ANPE de Lorient, deux semaines de mission précédées par un stage obligatoire d'habilitation DATR. On n'était pas en situation de pouvoir rester inactifs trop longtemps, à pointer tous les mois, il m'a convaincu de signer et j'ai suivi le mouvement. De Lorient au Blayais, cinq heures de trajet non-stop, le moteur dans l'oreille réglé comme une horloge, et ce flot d'images qui défilent derrière la vitre, qu'on n'analyse même plus, on s'en rend compte après, à quel point elles participent à la fatigue générale. Du silence et une image fixe, quand ça s'arrête, temps mort. Et l'immensité du parking à laquelle on ne s'attendait pas. Un temps sans flèche, réversible, on croit encore pouvoir inverser le cours de l'histoire et remonter quelques quatre cent soixante-dix kilomètres plus tôt, quand la 306 s'est engagée sur la bretelle de la voie express, en fait non, à y réfléchir ça se joue avant, on remonte d'un cran supplémentaire, jusqu'au moment qu'on estime être à la croisée des chemins où on s'est fait remercier par la DRH de l'usine, baisse d'activité dans l'auto-mobile, et la prime de précarité qu'elle nous grappille en jours de congés posés par elle arbi-trairement pour nous tous en fin de mission, sauf que des congés à quelques jours des gran-des vacances, inscription et pointage obligatoi-res, on n'en demandait pas tant, mais bon, c'est comme ça, le prix à payer aujourd'hui pour le diplôme hier qu'on n'a pas eu, en électrotech-nique, que j'aurais pu avoir, vu que BTS électro-technique c'était bel et bien un choix personnel, va-t'en savoir pourquoi, la croisée des chemins, à ce moment-là ou quelques années plus tôt, peu importe, à y réfléchir de trop près, ça nous échappe. L'espace au pied de la centrale paraît surdimensionné, vide aux trois quarts avant l'ouverture du chantier, comme hors saison autour des hypermarchés des stations touris-tiques, quand le vide donne à voir autre chose, par le nombre de places réservées au stationne-ment l'affluence des mois d'été, du jour au len-demain le parking se remplit, calibré pour ça, un mois par an, la saisonnalité du nucléaire. Le parking comme le reste, l'intérim, l'héberge-ment, aux dimensions d'un arrêt de tranche, mille hommes, venus de partout.

12

« Entrez, entrez ! » Elle me précède, la dame de l'agence, souriante, dynamique, encombrée, le porte-documents, le trousseau de clefs, sa veste sur le bras, le sac à main à l'épaule. Je suis arrivé tôt et j'ai attendu dans l'air frais du matin, calé contre la portière, à dévisager les rares conductrices en transit dans la zone artisanale ; elle, à huit heures cinquante, au volant d'une Mini Cooper vert bouteille, je la reconnais immédiatement. Elle me tient la porte, je lui emboîte le pas et m'installe dans le rôle du premier client de la semaine. À peine le temps de retrouver mes marques dans un décor qui n'a pas changé depuis l'année dernière, le temps pour elle de relever les stores et d'éteindre le répondeur du téléphone, déjà elle disparaît dans une pièce attenante qui, au bruit de cafetière électrique, de cintres métalliques dans l'armoire, et de chargement d'une rame neuve de papier dans la photocopieuse, doit faire office à la fois de cui-

sine, de vestiaire et de réserve, avec une porte
sur l'arrière du bâtiment qu'elle vient d'ouvrir,
on sent l'air frais qui entre, et bientôt c'est
l'odeur de café qui va suivre, ça y est, elle s'assoit
derrière le bureau et déjà se penche pour allu-
mer l'unité centrale et me parle, c'est une belle
journée qui s'annonce, elle le dit autrement,
qu'ils vont avoir beau temps sur la côte, la côte
atlantique n'est qu'à une quarantaine de kilomètres d'ici à vol d'oiseau, mais il faut remonter plus au nord, au-dessus de la pointe de la
Coubre, pour se dégager des eaux boueuses de
la Gironde. L'année dernière sous un autre ciel,
plombé, de juin, des gens attendaient derrière
nous, d'autres nous avaient précédés, on était
assis côte à côte comme au lycée dans le bureau
du proviseur à regarder droit devant, tous les
deux disponibles et vierges de dose, et elle, seul
maître à bord, régnant sur son vivier d'hommes,
qui nous mettait à l'aise, et plaisantait, et s'excu-
sait tout en clôturant un dossier à l'écran, et fai-
sait cliqueter ses bracelets sur le revêtement blanc
du bureau, interrompue par la sonnerie du téléphone, qui revenait à nous, avec toujours la
même énergie, et déjà, dès le début du mois de
juin, ce bronzage impeccable de fin d'été qu'elle
entretient d'une année sur l'autre. « Je suis à
vous ! », elle me sourit, elle porte sur son bronzage un chemisier ouvert et une jupe droite.
Votre nom ? Je l'épelle. Votre prénom ? Yann.

Je reprends mon parcours jusqu'à Chinon, le contenu, les perspectives, l'incident de la semaine dernière, sans trop entrer dans les détails, quelques explications quand même, histoire d'appuyer ma demande, parce que des emplois propres en arrêt de tranche, sans risque d'irradiation, il y en a peu. Et pour ceux qui existent, comme magasinier ou agent de surveillance, la concurrence est rude.

Après m'avoir écouté, elle ne me dit pas, revenez demain, c'est déjà ça. Elle réfléchit. C'est-à-dire qu'elle pianote sur son clavier sans quitter des yeux l'écran, avec beaucoup de virtuosité. Elle cherche sincèrement une solution à mon problème. À observer ses mains, son visage concentré, je commence à y croire, à trouver une raison d'être à ma démarche, je découvre en moi une motivation que dans l'adversité et devant la tournure prise par les événements j'avais dû mettre en sourdine, mais qui revient en force, prête à s'épanouir. J'aurais bien quelque chose à vous proposer… Elle reste mesurée. Ce n'est pas la solution miracle. D'ailleurs elle continue à pianoter, mais son visage s'est ouvert. Et avec lui un chemin moins changeant dans la connexion des neurones, une trace déjà profonde, qui me fait penser que derrière cette idée-là qu'elle vient d'avoir — et qui a le mérite d'exister —, il n'y en aura pas d'autres. Mieux vaut être disponible et ouvert, ce que je suis.

Elle lance une impression, agrafe ensemble deux feuilles et les fait glisser devant moi.

Agents SRP. Sécurité et radioprotection. Postes à pouvoir à l'issue d'un stage d'une durée totale comprise entre sept et dix jours selon les options, avec validation des acquis et délivrance d'un certificat de compétence. Prévu pour quinze personnes, il comporte un module théorique axé sur les effets biologiques des rayonnements ionisants, la radioprotection des travailleurs et la réglementation nationale, et un module pratique avec travaux dirigés et mises en situation. S'ensuivent une grille des tarifs pour l'année en cours et un descriptif des conditions de prise en charge. À l'origine, ce type de formation était financé par le donneur d'ordres EDF, avant que le coût, comme beaucoup d'autres, ne soit transféré aux sociétés prestataires. Pour les salariés dont l'employeur change à chaque nouveau chantier, une seule solution, se le financer soi-même.

J'aurais bien quelque chose à vous proposer, mais… Mais il va falloir mettre la main à la poche. Le miracle, le voilà. Dans une gestion de l'emploi par la dose, au pied de l'échelle, pour un simple intérimaire, un mois brut de salaire. Mais des facilités de paiement, une sorte de quatre fois sans frais, comme dans les grandes surfaces.

13

Sur la question de savoir si je dois payer pour ça, à cinq autour de la table, les avis sont partagés. En acceptant, tu tires un trait sur tous nos acquis. Quels acquis ? Ne l'écoute pas, il parle comme un fonctionnaire. C'est normal, il a trente-trois ans de maison. Je disais ça pour vous, moi je ne me plains pas, j'ai Areva derrière, c'est Areva qui paie, mais pour les intérimaires ou les gars à durée de chantier qui changent d'employeur tous les mois, concrètement il n'y a plus personne, en acceptant d'y être de votre poche, vous justifiez le régime actuel, EDF encaisse les profits, vous encaissez les doses, au milieu quelques patrons de la sous-traitance tirent leur épingle du jeu et le tour est joué, les années passent, à tous ceux qui font des économies sur votre dos, vous leur donnez de bonnes raisons de ne surtout rien changer. Qu'est-ce que tu en penses, Yann, tu fais le jeu des profiteurs ? Moi, je crois surtout que c'est la fille qui lui a sorti le grand jeu et qu'il est tombé sous le charme. Les filles dans les agences, elles ont un savoir-faire pour ça, tu crois qu'elles te font une faveur, qu'elles n'ont d'yeux que pour toi, et ce que tu prends pour un petit miracle est une belle entourloupe. Il n'y a pas d'entourloupe, lui, il peut payer, il est célibataire, alors il paie, toi, tu as tes gosses, le crédit de la maison, donc tu regardes passer le train. N'empêche, les règles du jeu sont claires. Un stage radioprotection, ça te coûte cher si personne n'est là pour le prendre en charge, mais ça t'ouvre des portes. De toute façon, j'étais au taquet, je n'avais pas le choix. Toi, Bernard, qu'est-ce que tu en penses ?

Bernard, on n'a pas entendu le son de sa voix depuis le déjeuner. Il a passé l'après-midi derrière le mobile home à bricoler sur sa moto, une Honda FX 650 bleue à son image, peu racoleuse, d'un gabarit modeste, souple et maniable, avec des reprises étonnantes, surtout d'une endurance à toute épreuve, achetée d'occasion trois ans plus tôt et toujours impeccable. On l'a vu émerger à l'heure de l'apéritif dans le sillage de Daniel venu en voisin qui a son camping-car garé à côté, on a pris ensemble un verre sur la terrasse, avant d'aller s'asseoir à l'intérieur pour manger parce que ça fraîchit vite, comme on l'invite à suivre le mouvement, sous prétexte d'aller chercher une bouteille, Daniel en ramène trois sur les deux cartons de six stockés de son dernier séjour en vallée du Rhône, dont un AOC Coteaux-du-Tricastin, je découvre sur l'étiquette qu'il y avait déjà des vignes au Tricastin cinq siècles avant J.-C., deux mille cinq cents ans de monoculture d'une belle réputation, et l'atome qui en moins de trente ans rafle la mise.

Autour de la table, on se serre les coudes. La tension monte, mais redescend aussi vite. Ce que les autres ont à dire, et ils ont forcément beaucoup à dire, ils le disent en s'adressant à Bernard qui débute dans le métier. Eux parlent, lui écoute, c'est son rôle. Pour eux, il se doit d'être bon public. Curieux, facile à convaincre, prêt à s'enthousiasmer ou à s'indigner, d'avance acquis à leur cause. Ça ne lui correspond pas vraiment. Par moments, il s'absente.

Les autres renchérissent. Ce soir, leur cause commune, leur thème de prédilection, c'est la gestion de la dose. La gestion telle qu'elle est appliquée, telle qu'elle est vécue, telle qu'il y sera confronté, lui, dès sa première mission. Au fur et à mesure que la soirée avance, la discussion s'enlise, quelques phrases reviennent en boucle, la chaleur aidant, le volume devient exigu et on ouvre les fenêtres.

Partager en quatre les frais d'un mobile home, c'est d'abord répartir entre quatre gars adultes, en général bien charpentés, les cinq possibilités de couchage prévues par le constructeur. Cui-

sine, salle d'eau, salon, coin repas, trois chambres.
Le tout dans un espace vital, par projection au
sol, de 34 m². Auquel s'ajoute une terrasse de
15 m² en pin autoclave. Le cahier des charges
s'adapte à la clientèle, la famille cible des mois
de juillet/août, un couple avec deux ou trois
enfants qui ouvre en grand les portes de l'hôtel-
lerie de plein air et vit dehors. Donc trois chambres. La première, avec un lit double. La
deuxième, avec un lit simple. Et la troisième,
avec deux lits jumeaux séparés par une table de
nuit. Mon « jumeau » n'est pas un bavard, mais
ça me convient assez bien. Quand il a besoin
d'être seul, il enfourche sa moto et part faire
un tour. Il aurait pu se faire charrier sur son prénom, parce que Bernard, dans l'idée qu'on en
a, c'est plutôt la génération précédente, celle
des années cinquante, mais quelque chose chez
lui nous a incités à la prudence qu'on a senti
pouvoir éclater à tout moment sur un sujet un
peu sensible, et on s'est abstenus. Avant, il tra-
vaillait dans les grandes surfaces au rayon char-
cuterie-traiteur. Ça, il nous l'a dit. Et aussi la
ferme des parents dans l'Orne. Le premier soir,
autour de la table, en trois phrases, les présen-
tations sont faites. Les autres locataires, Fabrice
et Thierry, sont mécaniciens-robinetiers et travaillent depuis sept ans pour une société implan-
tée à Toulouse. Sept ans d'ancienneté, c'est déjà
un sésame. Mais c'est sans comparaison avec les

trente-trois ans de Daniel qui a connu une industrie plus près de ses origines, avec la sûreté
comme credo, pas seulement dans les discours,
aussi dans les budgets du donneur d'ordres.

De la charcuterie au nucléaire, la conversion
n'est pas évidente — elle ne l'était pas davantage pour Loïc et moi, simplement, venir de
l'usine, ça choque moins —, mais il suffit de le
voir à l'œuvre pour que les préjugés tombent.
Dans ses mains, il en sait au moins autant que
nous, et le travail est propre. Quand il ne
s'occupe pas de la moto, il est assis sur son lit,
adossé à la cloison sandwich du mobile home.
Sa musique sur les oreilles, je ne l'entends pas.
Après deux ou trois jours de vie commune, on
ne se voit plus, ça allège le poids d'autant de promiscuité. Comme à fond de cale ou dans les pri-
sons centrales. Nous plus chanceux que d'autres,
on peut s'évader, direction Bordeaux ou Royan.
Si la promiscuité, c'est d'abord l'attention qu'on
porte à l'autre et qu'il nous porte, ça peut se
résoudre assez facilement en s'ignorant mutuellement. Mutuellement et sincèrement, par une
sorte d'accord tacite, et une politesse dans les
gestes du quotidien qui vaut, pour ce qui est du
confort de vie, la meilleure complicité. Il y a ceux
qui ont toujours quelque chose à dire, ceux qui
n'ont rien à dire et pas grand-chose à faire, ceux
qui ne parlent pas beaucoup mais n'en pensent
pas moins, enfin ceux qui dressent une muraille,

et Bernard est de ceux-là, on ne saura jamais
ce qui se passe derrière. De quelqu'un comme
lui qu'on ne connaissait pas avant et qui laisse
aussi peu d'ouverture aux autres pour le connaître, on fait finalement un compagnon idéal
de chambrée. Rien à recevoir, rien à donner,
un terrain vierge, une rencontre qui n'aura pas
lieu, c'est à ce prix que la vie commune est possible dans une chambre de quatre ou cinq
mètres carrés.

L'air frais circule par les vitres ouvertes, et
nos voix se répandent dehors entre les masses
sombres et les allées balisées. Bernard, je le
regarde, enfermé dans son mutisme, ça ne surprend personne. Pourtant ce soir, le besoin permanent qu'il a de se tenir à l'écart n'explique
pas tout. Il nous écoute, puis quelque chose le
rattrape, dans un mouvement de balance, ça va
ça vient, il lutte et redescend parmi nous, puis
s'absente à nouveau, on s'en rend compte à la
manière qu'il a de fixer ou non un angle quel-
conque du mobile home ou un objet sur la table
et de s'y accrocher — et quand il n'a pas ce
regard perdu, quand il fixe l'un d'entre nous, il
y met une vraie présence, presque trop, presque un peu trop volontaire, on mesure à quel
point il revient de loin, à quel point c'est difficile de s'y soustraire, à ce qui l'a saisi au réveil
et monte en puissance d'heure en d'heure,
l'angoisse du lendemain.

Deux jours avant, on imagine encore. On se repasse la séquence des gestes par peur d'avoir un blanc. On fait de cette part de notre cerveau qui gère les automatismes, comme chez n'importe quel animal de laboratoire, notre alliée ; et inversement, de la part la plus profonde et primitive qui fait la peur bleue et le lapin tétanisé dans les phares, on se méfie. Deux jours avant, on imagine encore, mais la veille au soir, on n'imagine plus, on s'économise. Comme on immobiliserait un bras ou une jambe, là c'est la tête, se mettre en roue libre de la pensée, puisque y penser entretient l'angoisse et que penser à autre chose est impossible, par tous les moyens faire le vide, pendant les quelques heures qui précèdent la nuit où il va falloir encore redoubler de vigilance pour qu'une fois le corps rendu au repos, les mauvaises pensées ne reviennent pas en force ; se vider la tête et pour ça le corps est le partenaire idéal, par n'importe quel exercice physique qu'on lui impose, pourvu qu'on trempe sa chemise, ne pas s'y épuiser non plus, car il faudra être capable demain en situation réelle de mobiliser toutes ses ressources, moins par la difficulté de la tâche que par l'angoisse qui s'est installée, au moins chez certains. Chez d'autres, c'est juste du stress, du bon stress, c'est-à-dire en quantité raisonnable, qui dope les facultés, ça dépend des gens.

Il fait chaud. Dehors, des portières claquent. Des hommes parlent. Un moteur démarre, puis un deuxième, un troisième. Il est vingt et une heures trente. À l'heure du changement d'équipe, les premiers départs précèdent toujours les premiers retours, car la continuité là-bas ne doit pas être rompue. Puis le silence retombe. Le temps d'ici est le temps de la centrale qui tourne jour et nuit. Et les hommes tournent à leur tour sur vingt-quatre heures à raison de huit heures chacun, et rien ne semble devoir ralentir ce rythme qui est le rythme même du temps pris à sa source, le temps étalon des horloges atomiques sur lesquelles le temps légal est construit. Tandis que la matière égrène les secondes, les prestataires se relaient sous le dôme du bâtiment réacteur, et les agents plus loin en salle des machines ou derrière les écrans de contrôle, les uns nomades, les autres sédentaires, ceux qui prennent les doses et ceux qui organisent, avec souvent entre les deux groupes des rapports compliqués.

14

La centrale. L'avoir là, sous les yeux, aussi imposante, alors qu'objectivement elle n'a rien d'exceptionnel dans ses dimensions, on ne s'y attendait pas. J'ai coupé le contact. Loïc a ouvert la portière. L'air était doux, il avait plu. Au départ, on était juste venus reconnaître les lieux, histoire d'être déjà à pied d'œuvre le lundi matin dans un automatisme ; histoire aussi de voir les eaux de l'estuaire, comme on va voir d'abord la mer en arrivant, quel que soit l'endroit, après cinq ou six heures de route, toute raison en valant d'autres, bonne ou mauvaise, pour laquelle on a entrepris le voyage, puisqu'elle est là, la mer, on va la voir d'abord, on s'organise après — ailleurs la mer, ici l'estuaire. En l'occurrence, s'organiser, c'était trouver l'agence d'intérim et une chambre pour la nuit. Et dans un second temps, un hébergement jusqu'à la fin de la mission dite « à durée de chantier ».

Au premier rond-point, celui qui vous détourne de l'entrée du village et vous cueille à froid, la décision, suivre le panneau ou s'engouffrer dans la rue principale, on a quelques secondes pour la prendre décomptées en degrés et minutes d'angle de rotation, centrale EDF, caractères bleu roi sur fond blanc, à peine le temps de quitter la campagne et c'est à nouveau la campagne, mais changement de cap, cette fois plein sud à travers les marais asséchés et les cultures de maïs, le ciel était sombre, sombre à la manière d'un ciel d'été quand il est sombre, à cause de la lumière malgré tout et des contrastes de couleur, un ciel d'Irlande ou de mousson plutôt qu'un ciel d'orage, car il n'y avait aucune tension dans l'air.

Cinq kilomètres. C'est la distance qui sépare la centrale du village — et réciproquement, en cas d'incident. On ne la voyait pas encore mais on savait qu'elle était là. On gardait le cap. Avec au départ une idée simple, trouver un emploi pour une saison ou deux, payé correctement. J'avais fait le calcul, de Lorient au Blayais, quatre cent soixante-six kilomètres porte à porte par la voie express et l'autoroute A10, à se relayer, au bout de quelques heures, on en oublierait presque que tous les trajets ont une fin, jugée improbable au fur et à mesure que les kilomètres s'empilent et qu'une routine s'installe, mais une fin quand même. On savait qu'elle était là,

quelque part derrière les champs de maïs, inté-
grée dans le paysage, la discrétion même. Tandis
que les fleuves ont besoin des tours réfrigérantes pour limiter l'impact sur leur écosystème, ici
rien de tel, profil bas sur un plat pays, la Gironde,
la mer ont les épaules larges, où les rejets d'eau
tiède se font directement. Dans le choix d'un
site, tel emplacement plutôt qu'un autre, le
cahier des charges des ingénieurs n'a pas changé
depuis les années soixante : une ville moyenne
située à distance raisonnable d'une grande
agglomération, si possible sous le vent de cette
agglomération — selon les vents dominants —
et non pas l'inverse, au bord de la mer ou au
bord d'un fleuve, avec un faible risque sismique.
Au Blayais, il y a Bordeaux, les marais, et les
eaux de la Gironde. Un site idéal. Au moins sur
le papier.

Vous arrivez, vous passez le rond-point. Avant
même d'y être entré, vous quittez le village. Les
dernières maisons, les derniers arbres, et brusquement, au détour d'un virage, ils sont devant
vous, gigantesques, qui se détachent, carcasses
noires, jambes métalliques et bras ouverts, sur
le gris du ciel et le vert des maïs, l'armée des pylônes électriques, quatre lignes de front. Vous ne
la voyez pas encore. Le ciel est sombre. Il n'y a
aucune tension dans l'air autre que les 400 000
volts des câbles à haute tension. On le dit de
certains espaces, qu'ils sont naturels. Qu'est-ce

qui rompt l'espace naturel ? L'estuaire, la falaise
morte, le marais. La falaise comme témoignage
d'une ancienne ligne de rivage perdue à l'intérieur des terres. Est-ce que les habitations tro-
glodytes dans la falaise — la trace de ces
habitations — rompent l'espace naturel ? Et la
vigne, les canaux, jusqu'aux vestiges du bocage
en partie démantelé ? Où commence, où finit
cet espace ? Concrètement, il n'y a plus rien de
naturel ici, hors les bancs de sable au milieu du
fleuve — et encore. La main de l'homme est
partout. Dans ce paysage entièrement façonné,
mais qui s'ouvre encore par nature démesu-
rément à l'horizontale, avec si peu de repères
verticaux, les pylônes dans leur ancrage ne cho-
quent pas, et leur tête plantée à trente-cinq
mètres du sol au-dessus des treillis métalliques
donne l'échelle. Poursuivre sa route. Si la départementale précisément ne finissait pas là, en
cul-de-sac, sur le parking de la centrale. On ne
peut pas aller plus loin, mais on peut faire demi-
tour et prendre la voie dans l'autre sens à travers
les marais jusqu'au village, c'est ce que font la
majorité des gens qui arrivent par hasard
jusqu'ici. Au lieu de quoi, j'ai garé la voiture,
j'ai coupé le contact. Loïc a ouvert la portière.
Et le corps à moitié engagé par l'ouverture, la
tête tournée dans la direction opposée aux installations comme pour mieux se concentrer, il
m'a fait signe. Écoute.

Ce que j'ai d'abord pris pour du silence et qui n'en était pas. Sur peut-être deux cents hectares de terrain clôturé. Il nous faudra moins d'une heure pour en faire le tour. Pas de gigantisme. Un plan simple, rigoureux. Et partout des espaces laissés libres et des distances réglementaires entre bâtiments. Impénétrable, indestructible. La centrale. Ce n'est pas qu'une question de taille. On a fait dans d'autres industries comme le pétrole ou l'acier des choses encore plus impressionnantes. Il y a le béton, mais pas seulement. Le béton dans son usage militaire, résister à des contraintes physiques exceptionnelles, mais aussi dans l'usage qu'on en a en radioprotection, étanchéité et confinement, étanchéité obligatoire de l'enceinte du bâtiment réacteur, microfissures et porosité du béton suivies de près. Rien de spectaculaire. Celui qui ne sait pas passe son chemin. Une installation industrielle de plus, qui se détache sur le bleu ou se fond dans le gris du ciel, il n'y voit rien d'autre. Avec en fond sonore, jour et nuit, un bruit bas, continu, qu'on imagine ne devoir cesser qu'à l'arrêt complet de la centrale, mais dont on ne prend pas conscience immédiatement. Tout autour, les marais. Des terres mises en culture, d'autres réhabilitées en zones humides sur le trajet des migrateurs et classées en réserve — de chasse ou ornithologique. À cause de cette vue dégagée devant soi, de l'étendue des installations, de la largeur du fleuve, etc., à cause de cette impression d'espace, par un télescopage bizarre, une sensation de silence. À cause aussi du poids. Du contraste. Entre ces espaces vides et la masse tangible, en milliers de tonnes, du béton. Un bruit bas à bas bruit, que n'importe quel autre bruit couvre sans peine, le vent dans les arbres, les rares véhicules en transit, jusqu'aux voix des pêcheurs au bord de l'étang, et qui se dissout très vite — quand on marche le long de la digue, on imagine que ça vient des stations de pompage, en fait non.

D'une centrale à l'autre, le nombre de tranches varie, mais le plan type est respecté : un donjon cylindrique couvert d'un dôme avec en annexes les casemates des bâtiments auxiliaires, le tout en béton brut. Et dans leur prolongement, une construction plus standard sur charpente métallique, couverte d'un bardage peint dans des couleurs claires, blanc, gris, crème. Ce schéma-là peut être dupliqué autant de fois qu'on veut. En enfilade, le bâtiment réacteur, les bâtiments auxiliaires, et sous le bardage double peau avec isolant phonique, le hall de la salle des machines de la taille d'un hall de gare — et le bruit assourdissant du turboalternateur quand on y entre. L'ensemble constitue une tranche. Au Blayais, il y en a quatre, disposées en parallèle, perpendiculairement à la digue, avec à l'avant les stations de pompage et à l'arrière les départs

des lignes à haute tension. Quatre dômes, quatre unités de production, c'est inscrit à l'entrée
sur le panneau de bienvenue, « EDF, centre de
production nucléaire du Blayais, 4 tranches de
900 mégawatts ».

Impénétrable, indestructible. Et ce que l'her-
métisme du dehors traduit du dedans. Elle séduit.
Disons qu'elle peut séduire. Par ce qui est à
l'œuvre au cœur du réacteur dans l'assemblage
minutieux des pastilles d'uranium, la fission
nucléaire, si simple dans son principe. Par ce
qu'elle dit surtout de la maîtrise acquise par
l'homme des lois de la matière et de la manière
d'en libérer l'énergie. Une énergie colossale,
contenue, tout est là, dans un confinement qui
ne demande qu'à être rompu pour donner toute
sa mesure. En salle de contrôle, un agent appuie
sur le frein. Plusieurs freins à disposition. Plusieurs variantes d'un seul principe, l'absorption
des neutrons.

15

Ce qui est à l'œuvre au cœur du réacteur, c'est l'illustration par l'exemple de la fameuse équation d'Einstein, $E = mc^2$, qui met face à face, dans un rapport constant, l'énergie et la masse, deux choses qu'il n'allait pas de soi de rapprocher, l'une établie comme proportionnelle à l'autre, tant il est vrai que rien ne disparaît mais se transforme. Un neutron libre percute un atome. Plus précisément, un atome lourd, uranium ou plutonium, capte au sein de son noyau un neutron libre. Le noyau devient instable, se scinde en deux, et libère deux ou trois neutrons. Parce qu'il perd en masse, sa fission dégage de l'énergie. À l'échelle de l'atome, c'est une énergie considérable. À notre échelle à nous, elle ne le devient que par le principe même de la fission nucléaire qui veut qu'une fois amorcée la réaction se propage à des milliards d'atomes en quelques fractions de seconde. La sensation de l'homme qui comprend ça, qui sait être le

premier dans l'histoire des hommes à le comprendre ? La sensation de cet homme, en l'occurrence une femme, Lise Meitner, réfugiée en
Norvège en 1940, à l'instant où l'idée jaillit
qu'elle sait être la bonne, d'une portée inimagi-
nable, sans commune mesure avec ce qui a été
mis au jour jusqu'ici ? En salle de contrôle, un
agent appuie sur le frein. Deux, puis quatre, puis
huit neutrons libérés, et la réaction s'emballe.
L'idée, n'en laisser libre qu'un seul et absorber
les autres. Le nucléaire civil, c'est ça. Le ron-
ronnement d'une chaudière. Un neutron, une
fission. Une fission, un neutron. Au milieu le
modérateur, graphite, eau légère ou eau lourde
— dans les années quatre-vingt, les Russes privi-
légient le graphite. Et les barres de contrôle —
bore, cadmium. Tous absorbeurs de neutrons.

Les barres sont mobiles. En position basse, elles
plongent au cœur des assemblages de combustible dont la réactivité diminue jusqu'à l'arrêt
complet. En position haute, le réacteur tourne
à plein régime. Entre les deux extrêmes, les
agents de conduite ajustent la puissance aux
besoins d'approvisionnement du réseau électrique. Deux mécanismes garde-fous existent.
Le premier interdit la remontée de la totalité
des barres de contrôle pour prévenir un emballement du système. Le second déclenche auto-
matiquement leur chute en cas de situation

anormale — de température ou de pression,
par exemple.

Le 25 avril 1986, à la centrale nucléaire Lénine
sur les rives de la rivière Pripyat en Ukraine,
quinze kilomètres au nord-ouest de Tchernobyl, deux cent onze barres de contrôle sont à la
disposition des opérateurs, techniciens, contre-
maîtres et ingénieur en chef qui pilotent l'arrêt
de la tranche numéro quatre. C'est un arrêt
ordinaire pour travaux de maintenance. Le
réacteur est de type RBMK, une filière à eau
bouillante modérée au graphite, développée
par l'URSS et exploitée uniquement à l'est du
rideau de fer. Sur cette filière, le combustible
peut être déchargé et rechargé tout au long
de l'année. Tandis qu'en Occident, les mêmes
opérations doivent être précédées d'une mise à
l'arrêt complet du réacteur. Le déchargement
du combustible usagé permet d'extraire certains
produits de fission recyclables tel que le plutonium 239. La supériorité de la technologie soviétique est donc de pouvoir satisfaire à la fois les
besoins des civils en énergie électrique et ceux
de son armée en plutonium de qualité militaire
prélevé en quelques heures à la demande. Cet
avantage a des inconvénients au plan de la
sûreté. Les réacteurs RBMK sont réputés ins-
tables à faible puissance. Et en cas d'accident,
l'absence de cuve autour du combustible et
d'enceinte hermétique autour du réacteur prive

la population d'un espoir de confinement des matières radioactives.

La procédure d'arrêt de tranche est enclenchée le vendredi 25 avril au matin. Cette réduction programmée, par paliers, de la puissance du réacteur avant son arrêt complet, sera mise à profit pour faire un essai d'îlotage. L'objectif est de simuler une perte d'alimentation électrique. On vérifiera que l'inertie de la turbine permet d'alimenter les systèmes de sauvegarde, jusqu'à ce que les diesels de secours prennent le relais. Le programme de l'essai a été rédigé à la va-vite, sans la rigueur nécessaire, signé et contresigné de la même façon, et transmis par les voies hiérarchiques aux équipes chargées de le mettre en œuvre. Dans une conversation téléphonique enregistrée la veille de l'accident, un opérateur s'adresse à l'un de ses collègues et s'étonne : « Ici, dans le programme, il est dit comment procéder, et ensuite je vois que d'importants passages ont été biffés, qu'est-ce que je dois faire ? » Silence. Réponse de son collègue : « Procède selon ce qui est supprimé. »

Après une matinée de baisse de charge progressive par insertion automatique des barres de contrôle, un premier palier est atteint à 13 heures. Au même moment, le répartiteur de Kiev doit faire face à un besoin accru de courant sur le réseau local et demande au directeur de la centrale d'interrompre la baisse de charge. Sa

demande est contraire à la procédure, mais elle
est acceptée. Le réacteur va devoir fonctionner
pendant plus de dix heures à mi-puissance. Ce
régime anormal de fonctionnement libère dans
les réacteurs de type RBMK une grande quantité de xénon, un gaz rare qui a la particularité
de capter les neutrons et de faire chuter la réactivité. À 23 h 10, lorsque les agents de conduite
reprennent la procédure, l'empoisonnement
au xénon provoque un effondrement brutal de
la puissance. À ce stade, l'essai d'îlotage devrait
être abandonné car le réacteur ne libère plus
l'énergie nécessaire. Mais le responsable décide
de mener le test à son terme. Ordre est donné
aux opérateurs de passer en commandes manuel-
les et de faire l'inverse de ce qui a été fait au
cours des vingt dernières heures, à savoir relever les barres de contrôle afin de relancer la
réaction en chaîne. Un dispositif de sécurité bloque la remontée des trente dernières barres.
Ce dispositif est déconnecté, de même que les
mécanismes automatiques d'alarme et d'arrêt
d'urgence. De trente barres, on passe à vingt,
puis douze, puis six. Le niveau de puissance
remonte. Mais le réacteur est devenu très instable et les opérateurs doivent procéder à des régla-
ges à intervalles répétés de quelques secondes.
Un chef d'équipe réclame que soit stoppé le programme d'essai en cours, l'ingénieur en chef s'y
refuse. À 1 h 22, la poursuite de l'essai entraîne

un nouvel effondrement de la puissance, les dernières barres de contrôle sont relevées. À 1 h 23, une première explosion suivie d'une seconde soulève les mille tonnes de la dalle de couverture. La dalle retombe à la verticale, mettant le réacteur à ciel ouvert. L'afflux d'oxygène enflamme le graphite. Du combustible, des composants du cœur et des éléments de structure sont projetés sur les bâtiments adjacents, et un nuage de fumée et de vapeur d'eau chargées de radionucléides s'élève jusqu'à huit kilomètres dans l'atmosphère. Rapidement, les composants les plus légers, y compris des produits de fission et pratiquement tout l'inventaire des gaz rares, sont soufflés par les vents dominants en direction du nord-ouest. En cette fin d'avril 1986, l'anticyclone s'est installé sur l'Europe. Il a fait beau et chaud ces derniers jours, et dans la ville nouvelle de Pripyat à trois kilomètres de la centrale, des hommes et des femmes dorment la fenêtre ouverte, réveillés par les explosions, certains s'apprêtent à se lever mais se ravisent, très vite le silence retombe, il est 1 h 25.

16

Il écrit l'équation bilan. Il l'écrit de trois quarts face au tableau dans la position des épaules et des jambes, tout en gardant un œil sur nous. Comme pour s'assurer qu'on lui emboîte le pas. Ou peut-être moins pour s'en assurer que pour nous convaincre qu'on peut le faire, se rassembler et marcher derrière lui, qu'il n'y a pas de si grand mystère ici qui nous soit impénétrable. La fission induite de l'uranium 235 produit deux radionucléides de masse atomique moyenne. Ici du strontium 94 et du xénon 140. Mais des dizaines de produits de fission issus de l'uranium 235 existent, chacun ayant une probabilité plus ou moins élevée d'être émis. Parmi les plus probables, il y a les isotopes radioactifs de gaz rares, krypton ou xénon, et des aérosols tels que l'iode, le césium et le strontium qui en cas d'accident peuvent être transportés dans l'atmosphère sur de longues distances, se combiner chimiquement, et entrer dans la chaîne alimentaire. Le césium, dont le métabolisme se calque sur celui du potassium, se retrouve dans les nerfs et les muscles. Le strontium et le radium se comportent comme le calcium et se concentrent dans les os. Quant à l'iode, quelle que soit la voie de contamination, par ingestion ou inhalation, elle migre rapidement vers la thyroïde. Une mesure de protection consiste à administrer dans un délai rapide de l'iode stable par voie orale — tablettes de comprimés d'iodure de potassium — qui sature la glande thyroïdienne et empêche la fixation de l'iode radioactif.

La salle de cours est éclairée par de larges fenêtres et les tables de travail disposées sur trois rangées. Il est là, devant nous. En pantalon de toile, chaussures de ville et polo rouge à bandes noires aux couleurs du Stade toulousain. Avec sa carrure de première ligne et son débit rapide, comment quatorze gars l'observent dans ses gestes et se font leur film, intéressés d'abord par le personnage, le reste suivra — l'intérêt pour ce qu'il raconte —, j'imagine qu'il le sait. Il est arrivé à l'heure, il a posé en bout de table des documents qui nous seront distribués, il s'est présenté, il n'a pas demandé à chacun d'entre nous de le faire, il connaît le profil du candidat à l'emploi nucléaire, et aussi ce qu'exige de lui la réglementation EDF quant à la formation initiale ou continue à nous transmettre, il regarde plus loin, quels sont les phénomènes en amont,

voilà ce qu'il voudrait nous faire entrevoir, pour
que des normes et procédures on prenne toute
la mesure.

Le centre de formation est situé au deuxième
étage d'un bâtiment dans le style des années
soixante-dix qui abrite les services administra-
tifs. Les fenêtres s'ouvrent à l'ouest, du côté de
la réserve ornithologique, sans autre vis-à-vis que
la tour d'observation. Les visiteurs se garent à
ses pieds, grimpent et repartent, une sorte de
donjon en bois construit à un jet de pierre seulement du grillage d'enceinte, et rien dans leur
attitude ne laisse supposer qu'ils s'intéressent à
cette enclave dans le paysage que constitue la
centrale, de même qu'ils savent faire abstraction
derrière les chants d'oiseaux du bruit permanent mais très assourdi — et de fait difficilement
identifiable — des turboalternateurs. Quant à
nous, assis à notre table, tandis que de l'autre
côté du grillage des gens vont et viennent et
dressent un rempart entre eux et nous pour
de pas gâcher le panorama, on peut avoir par
moments la sensation d'une vie hors les murs
qui n'est plus tout à fait la nôtre, d'un monde
extérieur qui va son cours, auquel, en sortant
d'ici après x années de carrière, on n'est pas sûrs
de pouvoir encore s'adapter. À moins d'entrer
dans le nucléaire comme on entre en religion.
D'être touché par sa grâce. Dans les années
soixante-dix, les ingénieurs du programme élec-

tronucléaire français ont eu cette ambition, équiper le pays de deux cents réacteurs — par la suite le chiffre a été revu à la baisse. Des physiciens, des géologues ont sillonné la France.

Il est là, devant nous, comme ceux qui l'ont précédé, quelque chose l'anime, davantage qu'une conviction, un enthousiasme communicatif, il s'adresse au curieux qui est en chacun de nous, capable de partager cet élan. Le fait est que ça fonctionne. Chacun s'accroche. Certains avec plus de facilités que d'autres, mais globalement quelque chose passe de lui vers nous, quelque chose circule dans la salle qu'il nous transmet de sa passion et de l'illusion d'être tous faits sur le même modèle d'un homme avide de comprendre, jouissant des progrès de la technologie et de la suprématie qu'elle lui donne sur la nature.

À la pause de dix heures trente, devant la machine à café, quelqu'un lui pose la question. À propos de la piscine — de la couleur de l'eau dans la piscine. Un bleu intense, quasi surnaturel, qui pourtant ne doit rien à la science et n'emprunte rien à la fiction, le bleu du ciel au-dessus des casbahs, illuminé, transfiguré de l'intérieur, un bleu d'artiste inventé puis breveté sous sa formule chimique, mais dans une transparence et un rayonnement que seule la nature dans ce qu'elle a de plus intime est capable de rendre sensible à nos yeux, et pour cause, certaines particules dans l'eau battent en vitesse le record de la lumière. Avant de décharger et recharger les assemblages d'uranium, on remplit la piscine d'une solution d'eau borée, une barrière de bonne qualité et peu coûteuse contre les radiations. Est-ce que le bore provoque une coloration de l'eau ? Non. De même, les parois en béton du bassin sont tapissées d'un revêtement étanche, mais ce revêtement est fait de plaques d'acier inoxydable, ce qui pourrait à la rigueur, dans la lumière des projecteurs sous-marins se traduire par une teinte gris métallisé. Alors bleu ? Pourquoi un bleu d'autant plus intense que le taux de radioactivité autour de la cuve est élevé ? À l'intérieur, la réaction de fission est stoppée. Le cœur s'est refroidi. Mais des radionucléides continuent à se désintégrer et à émettre des rayonnements. Entre autres des particules chargées de très haute énergie qui traversent les parois de la cuve et interagissent avec l'eau de la piscine à une vitesse supérieure à la vitesse de la lumière dans l'eau — tout de même inférieure à la vitesse de la lumière dans le vide. Il se produit sur le trajet de ces particules un phénomène lumineux équivalent au phénomène sonore qui accompagne le franchissement du mur du son. La perturbation crée une onde de choc. Dans l'air, c'est le bang caractéristique des engins supersoniques. Dans l'eau, un flash de lumière dans les fréquences du bleu et de l'ultraviolet. À la pause de dix heures trente, quelqu'un lui pose la question — un gars comme nous, qui a déjà travaillé sous le dôme du bâtiment réacteur et s'étonne. Il donne à la question la seule réponse possible, sans rien céder sur l'essentiel, cette couleur, ces flashs de lumière que l'on retrouve produits par des particules cosmiques dans l'humeur vitreuse des astronautes, c'est l'effet Tcherenkov. Bleu. La vraie couleur du nucléaire. Qui n'est donc ni le jaune des sources radioactives, ni le rouge étudié par les instances internationales pour remplacer ce jaune.

17

Il se tient debout au bord de la piscine,
vide. Il se tient debout en combinaison étanche,
heaume ventilé et masque à gaz sous le heaume,
incapable de franchir le pas qui lui permettrait
d'agripper la rampe, de pivoter, puis de poser
son bottillon droit en caoutchouc blanc et
semelle crantée sur le premier barreau de
l'échelle, en prenant bien garde de ne pas
s'enrouler ou entortiller le cordon d'alimentation, une fausse manœuvre qui couperait net
l'arrivée d'air au plus mauvais moment, une fois
atteint le fond de la piscine ; pour l'instant, en
cas d'urgence ou sur un coup de tête, il peut
encore agir, arracher le heaume et le masque
et respirer librement, mais quinze mètres plus
bas, ce qu'un homme sans tenue complète de
protection est surtout libre de respirer, ce sont
les gaz et aérosols radioactifs libérés par les parois,
tritium, cobalt, césium, etc. Il entend la voix
derrière lui, à travers le heaume, qui lui donne

l'ordre pour la deuxième fois de descendre. Il ne réagit pas. Il se tient debout, tétanisé, sans rumination, sans conflit intérieur. Devant lui, la piscine. Le trou béant d'un sarcophage en béton, vide. Sous le matériel de manutention peint en jaune, pont roulant, treuils et mâts de levage, non plus la surface troublante et lisse de l'eau animée par une lumière intérieure, non plus cette eau qui vous tend les bras, dont le charme par la seule magie de sa couleur repousse les hésitations et les craintes, mais une fosse vide et grise dans son cuvelage d'étanchéité. Il ne peut pas descendre. Il sait qu'il ne pourra pas le faire. Il ne le sait pas à la manière d'un bipède doué de parole et raisonnable, mais d'instinct. C'est un engagement massif de tout le corps contre la volonté, si tant est que la volonté, depuis qu'il est entré ici, ait eu son mot à dire. La voix est celle, identifiée, du chef d'équipe qui en appelle à la raison. Les gars de la première vague ont eu leur dose. Maintenant c'est à eux de jouer, lui Bernard et ses collègues qui attendent le début de l'intervention habillés comme lui en tenue Mururoa, tant qu'à faire, quitte à devoir y aller, qui voudraient en être déjà débarrassés, et s'impatientent. Un homme le double, suivi d'un deuxième, etc., lentement, avec précautions, ils commencent à descendre.

Certains avouent qu'ils ne s'attendaient pas à cette réaction de sa part. De ce qu'ils en ont vu

à l'entraînement, un gars solide. Du genre qui
ne lâche pas prise facilement, dans l'endurance
du corps et de la tête. Donc aucune raison de
se méfier, ou alors il faudrait se méfier de tout
le monde. D'autres diront qu'ils n'ont pas été
surpris. Qu'ils l'ont su avant même qu'il ait
franchi le dernier portique de contrôle. Sur le
parcours qui mène au réacteur, deux vestiaires.
Dans le premier, on laisse nos vêtements. Dans
le second, on enfile la tenue. Entre les deux, un
sas. Symboliquement et pratiquement, il marque le passage en zone contrôlée. Dans le sas,
pour ceux qui n'avaient pas compris avant, ça
devient plus clair. Dans le sas, il se passe quelque
chose — dans un autre contexte, on aurait dit,
la magie opère —, là plutôt la tension monte
d'un cran. C'est la première fois, et déjà on se
jure à soi-même, la dernière. Beaucoup doivent
en passer par là, par la décision prise à chaud
de ne jamais avoir à renouveler l'expérience,
s'ils veulent pouvoir aller de l'avant et franchir
l'obstacle.

Dès le vestiaire froid, ils le savaient, quand ils
l'ont vu arriver, se déshabiller et plier ses affaires, faire la queue pour échanger la clef du
casier contre un dosimètre, franchir le sas avec
son dosimètre à la main, attendre son tour sans
prononcer un mot dans la pièce adjacente dite
vestiaire chaud, enfiler la tenue qu'on lui ten-
dait, certains se souviennent avoir voulu entrer

en contact avec lui, le temps d'une consigne ou d'une aide — on s'entraide pour ajuster les gants et le heaume —, sans succès. Dans le regard, il était déjà parti. Ça ne pouvait pas s'arranger par la suite. Un bâtiment réacteur, c'est impressionnant. Quand on entre pour la première fois sous le dôme immense, dans la lumière artificielle et l'air conditionné en permanence, on ignore d'où vient le danger, on observe les intervenants en combinaison blanche, l'eau bleue de la piscine et le pont roulant jaune vif qui glisse et s'immobilise à l'aplomb de la cuve en acier inoxydable, on se dit que c'est là que tout se passe, or justement il ne se passe rien, des hommes marchent sur le pont roulant et se penchent.

Il se tient au bord de la piscine, vide. Il regarde les hommes en bas. À genoux, avec brosse et serpillière, ils nettoient la dalle, des hommes en combinaison blanche comme lui et heaume ventilé chargés de résorber la contamination ; après être descendus, ils se sont mis au travail, quelques mètres carrés chacun, dans le décompte des surfaces comme dans le calcul des doses, cette dose collective théorique à répartir entre les intervenants, il suffit que l'un d'entre eux manque à l'appel, soit une unité au dénominateur, et le compte n'y est plus. Une main l'a saisi par le bras et le tire à l'écart. De là, il est pris en charge. Direction la sortie. Dehors, c'est le

milieu de l'après-midi, et pour le gardien derrière sa vitre, l'heure creuse.

Quand il rentre le soir — tard — au camping,
on est tous au courant. La rumeur le précède,
fiable, d'après nos sources et comment les
témoignages se recoupent. Pour lui l'aventure
dans le nucléaire s'arrête là. Il ne dit rien. Il va
s'allonger dans la chambre, sa musique sur les
oreilles. Dur de résister à l'envie qu'on a d'en
savoir davantage et de première main, mais on
n'engagera pas aujourd'hui un dialogue dont
on a pu se passer trois soirs de suite. Donc on en
reste là, nous sur notre faim, lui dans ses pensées, mais jusque dans ses retranchements placé
au centre de nos préoccupations, ça ne durera
pas, c'est l'histoire de quelques heures, au pire
d'un jour ou deux, le temps que l'actualité toujours riche d'un arrêt de tranche reprenne ses
droits. Le surlendemain quand il fait ses bagages, j'ai quand même un regret. On est seuls. Il
faudrait une phrase, la bonne au bon moment.
Je me contente de le suivre dehors sous l'appentis
où est garée la moto, et de le regarder faire. À
la fin, juste un papier avec mon adresse à Lorient,
au cas où.

Pendant les quelques jours d'exercice sur le
chantier école, les gars apprennent à se connaître, et la perspective d'entrer en zone contrôlée
soude les rangs. Une sorte de complicité s'installe, certains diraient une solidarité, mais de

gestes solidaires pour l'instant il n'est pas question, on verra plus tard de quoi chacun est capable. Reste que l'on se juge et que l'on se jauge
aussi là-dessus, ceux qui savent devoir bientôt
travailler ensemble, sur ce qu'on imagine être
la capacité de l'autre à tenir le cap en cas de
coup dur, celui qui parle fort, ou celui qu'on
n'entend jamais, chacun se fait sa propre opinion, jusqu'au jour de la mise à l'épreuve, pour
la surprise, bonne ou mauvaise, on est rarement
déçu. Vous intervenez demain. Vous connaissez
les gestes. Des gestes simples que vous refaites
mentalement, on vous l'a dit, la difficulté n'est
pas dans le geste. Certains ne réalisent pas encore
et fanfaronnent, les autres sont comme vous,
sérieux, profil bas. Des bleus en tenue blanche
de spationaute.

On intervient sur le circuit primaire. Chacun
sait à quoi s'en tenir. Et pour ceux qui auraient
tendance à l'oublier, à perdre de vue l'essentiel,
une piqûre de rappel aussi souvent que nécessaire, pour bien ancrer les réflexes, au premier
rang desquels la vitesse d'exécution, en rappel,
comme un leitmotiv, pour ceux que ça amuserait
finalement le peaufinage des gestes, la course au
chrono, type préparation sportive : vous entrez
en zone contrôlée. J'ai le panneau sous les yeux.
Avant même d'avoir enfilé la tenue, j'ai déjà
chaud. Je le savais. Je savais tout ça. Mais le tenir
des autres — ce qui s'écrit, ce qu'on en voit, ce

qu'ils en disent —, ce n'est pas en faire l'expérience. On se déshabille. On se met en slip.
L'expérience commence là. Debout en slip
devant les gars de la radioprotection, des gars
comme nous, là on comprend, en slip comme
un petit garçon à la visite médicale, avec les
mains qui embarrassent et le bronzage maillot,
et eux en face, tous prestataires, qui ne valent
pas mieux ou plus cher que nous. Vous entrez
en zone contrôlée. Deux vestiaires. À Civaux
comme ailleurs. À Civaux pour Loïc, ça s'est mal
passé. On a les mêmes horaires mais on ne
fait pas équipe ensemble. En fin de première
semaine, branle-bas de combat, ils sont prêts à
mettre en eau la piscine, ils attendent après
nous — nous les gars des générateurs. Quatre
générateurs de vapeur sont raccordés au réacteur *via* le circuit primaire, sur chaque générateur les équipes se relaient en trois-huit, trois
hommes par équipe, c'est la règle. Notre mission, la pose des plaques d'étanchéité. Une ligne
dans le programme d'un arrêt de tranche, mais
au moindre souci, c'est tout le chantier qui
s'arrête, et on connaît le coût pour l'exploitant
ne serait-ce que d'une demi-journée de retard.
Chez Loïc, générateur 2, par décision du chef
d'équipe, il entre en premier. À l'intérieur des
boîtes à eau, le débit de dose est élevé, on nous
a préparé le terrain, on nous a mis du plomb,
mais ça crache quand même. Il prend la pla-

que. Une vis, deux vis, ça rentre. À la troisième, ça bloque. La quatrième, pareil. Il sort. Il est en nage sous le heaume. Il dit, ça ne rentre pas, j'ai eu mon compte, vous finissez sans moi. Et il les plante là. De mémoire de chef d'équipe, un gars qui quitte le navire au beau milieu de son intervention, on ne voit pas ça souvent. Ses collègues, en colère, à la limite, je les comprends. Ils étaient trois à devoir y aller. Trois pour une dose collective à répartir à peu près équitablement, si l'un d'entre eux fait faux bond, ça change tout, deux au lieu de trois, c'est plus pareil.

À l'heure du changement d'équipe, l'information se propage au hasard des échanges, à chaque étape de ce long cheminement vers la sortie — sas, vestiaires, portiques de contrôle —, qui certains jours, avec le cheminement inverse qui va du parking à la zone d'intervention, est bien la moitié de votre temps de travail. À l'heure du changement d'équipe et pas avant. Avant on est à l'isolement au fond du bunker, le monde pourrait s'écrouler, on ne s'en rendrait pas compte, lui ravagé, et nous à l'abri, ironie de l'histoire, derrière l'enceinte de confinement qui devait le protéger. L'information circule que je reçois d'abord comme telle, comme une information. Et puis brutalement, comme une rumeur dont je suis en droit de me méfier. Les faits. Et seulement dans un second temps, sur le person-

nage principal, un nom. Les faits, dès le sas de
sortie du bâtiment réacteur, mais son nom à lui,
seulement à la sortie du vestiaire chaud, dans la
file d'attente. Pour tous ceux qui n'ont pas de
visage à mettre dessus, qu'il sorte ainsi de l'ano-
nymat ne change rien, ils en parlent, on parle
de ça partout, dans les vestiaires, à l'entrée du
parking, jusque dans les rangs de la cantine, je
sais ce qu'ils ont à dire mais je ne veux pas
l'entendre, parce que ce que j'ai à en dire moi
c'est autre chose, vu que ce gars-là je le connais
bien. Sur le chemin de la gare, jusqu'au dernier
moment, j'attends qu'il réagisse, en vain. On
en restera là. Fin de mission à Civaux. Pour lui
direction Saint-Laurent, les tours réfrigérantes.

18

Lieu-dit La Rive. D'abord des maisons ados-
sées à la falaise et comme écrasées par son poids,
et à l'avant les deux bassins du port, bassin à
flot et bassin d'échouage, le premier fermé par
une écluse, l'avant-port ouvert sur le chenal et
subissant comme lui l'épreuve de l'envasement
progressif et de l'échouage des coques et des
pontons à marée basse, soit deux cent places de
mouillage bon marché pour ceux qui n'ont pas
les moyens de stationner à Royan, et au bout du
chenal, derrière une haie de roseaux, l'estuaire.
De là jusqu'à la mer, en kilomètres, une tren-
taine. Mais sur les eaux de la Gironde, vent
debout, combien d'heures ? Et au retour, à
devoir remonter à contre-courant ? Oubliée la
sortie du dimanche. Sauf pour les maraudeurs
à fond plat et les pêches-promenades qui arpen-
tent l'estuaire sans jamais dépasser Cordouan,
pour tous les autres, descendre la Gironde n'est
qu'une étape, la première, en début de saison,

comme pour s'échauffer ou se vider la tête, qui
permet de rejoindre la côte, un rite de passage,
des eaux saumâtres à l'eau claire et froide de
l'Atlantique, et au retour, quelques semaines
ou quelques mois plus tard pour l'hivernage,
Mortagne-sur-Gironde, plantée là-haut sur la
falaise depuis des siècles, et à ses pieds, lieu-dit
La Rive, le port, les silos, et le chantier naval.

Il paraît que la Dordogne et la Garonne ne
se rejoignent pas au bec d'Ambès. Que jusqu'à
l'embouchure, la Dordogne coule au nord —
le long de la rive nord de l'estuaire — et la
Garonne rive sud, séparées par des hauts-fonds.
Pourtant, à l'œil nu les eaux se confondent, éga-
lement boueuses partout. Douze mois sur douze,
c'est une soupe café au lait plus ou moins consis-
tante, travaillée par la lumière et les courants,
que l'on a presque envie de consommer, par
contre s'y baigner, ça paraît difficile, presque
contre nature, à cause précisément de ce quelque chose qu'a l'eau dans son aspect et le trai-
tement qu'en fait le cerveau d'une denrée
comestible, on a du mal à s'immerger dedans,
on a même du mal à s'embarquer dessus.

J'ai garé la voiture sur le port et je suis des-
cendu jusqu'à la Gironde par le chemin de
halage, à peine trois kilomètres l'aller et retour.
Ce matin il pleuvait sur la Côte Sauvage, la plage
et la mer étaient balayées par les vents d'ouest.
Le temps de déjeuner à Royan et de remonter

en direction du Blayais *via* Saint-Georges-de-Didonne et Talmont par la route touristique, quand j'arrive à Mortagne, la perturbation est passée. Le village est construit sur une avancée du plateau. Autrefois les vagues sapaient la falaise à sa base. Aujourd'hui les prairies humides contrastent avec les eaux argentées au loin, et encore plus loin les terres sombres du Médoc, et le paysage baigne dans cette lumière particulière de l'estuaire qui n'a pas d'équivalent ailleurs. Taillée dans le calcaire, en deux épingles à cheveux, la rue principale relie la ville haute à la ville basse. On se gare en épi le long des quais. Le port à sec est à deux cents mètres, une vaste zone de stockage à terre des bateaux. Ils reposent là, soutenus par des bers en acier galvanisé ou calés sur leurs béquilles, comme de grands cétacés, et des gars prennent soin d'eux, se préoccupent de leur longévité, et souvent tournent autour et les admirent sous toutes les coutures ou les flattent pour apprécier sous la main la qualité du travail, des gars du chantier qui sont payés pour ça, ou d'autres qui viennent en amateurs et louent un emplacement avec la garantie d'avoir du matériel à disposition et toujours quelqu'un dans les parages pour vous donner un coup de main ou y mettre son grain de sel sur la meilleure façon de faire. Certains travaillent sept jours sur sept pendant deux ou trois ans, mettent leur bateau à l'eau, et on ne les revoit plus. D'autres n'arriveront jamais au bout de leur entreprise, ce qu'ils aiment c'est l'ambiance ici, et l'idée d'avoir un rêve devant eux. Manutention, carénage, travaux d'entretien, la liste est longue des services affichés à l'entrée. Deux postes sont à pourvoir pour un convoyage. Je n'ai pas le profil du chef de bord, davantage celui de l'équipier — compétences souhaitées en mécanique et électronique. Le voilier mesure treize mètres, stationne à Saint-Cyprien en Méditerranée, et doit être convoyé jusqu'à Kiel en mer Baltique. Pour quitter la Méditerranée, il y a deux écoles, le contournement de l'Espagne ou le canal du Midi — à partir de Langon, fini les écluses, la Garonne devient navigable, on l'accompagne dans sa traversée de Bordeaux, jusqu'aux retrouvailles du bec d'Ambès.

Des eaux boueuses de la Gironde comme du Gange, rive nord ou rive sud, Dordogne ou Garonne, peu importe, on ne les distingue pas l'une de l'autre, ou alors seulement dans des courants différents et croisés par endroits, une sorte de clapot têtu et bruyant pour qui peine avec son moteur hors-bord quand le vent et la marée jouent contre lui. Elles courent côte à côte, mieux que mêlées, et font lit commun, avec entre elles un chapelet d'îles, en âmes intègres, et puis plus rien, plus rien de visible en surface, mais toujours côte à côte, au coude à coude, et

ces courants croisés, et cette largeur impression-
nante devant Mortagne qui redonne toute sa
force au mot fleuve plus faible ici qu'ailleurs,
de l'autre côté de l'Atlantique, deux de nos
fleuves qui n'en feraient qu'un chez eux, et aux
heures les plus froides, dans les chroniques,
la traversée à pied sec, et la débâcle, comme
là-bas.

On peut se tenir devant la mer. On peut marcher le long de la mer, se laver de tout ça, le
stress, les radiations. Non. On pourra marcher
autant qu'on veut, respirer à pleins poumons,
ça ne se nettoie pas. On peut quand même se
tenir devant la mer et décider d'en rester là,
de ne plus rien encaisser. Devant les eaux de
l'estuaire, l'impression n'est pas la même. Devant
cette couleur étrange, et les vasières, et les
aigrettes blanches dans leur avancée prudente
sur la crête des vasières, on est dans la gravité,
dans ce qui englue et enlise. À Saint-Laurent, il
a touché le fond. Il m'a dit, j'arrête. Tout le
monde dit ça un jour ou l'autre. C'est une condition pour pouvoir continuer. Être capable de
le dire et de s'y accrocher pendant quelques
jours, le temps de passer le cap du coup de blues
ou du coup de fatigue. Il avait pris dix ans. On
s'est assis dehors. Dans un cas pareil, chacun
fait de son mieux, celui qui arrive au bout du
rouleau et celui qui écoute. On sait tous à quoi
s'en tenir sur l'issue de la crise, on connaît les

statistiques, quatre-vingt-dix-neuf fois sur cent le gars ne décroche pas, mais parfois le discours est tel, à cause de la colère ou d'un argument qui porte davantage, que chacun se surprend à y croire vraiment, et alors la désillusion est d'autant plus forte quand on réalise que non, décidément, ce cas-là ne fera pas exception à la règle.

On s'est assis côte à côte sur des pliants, devant la caravane de location. Il ne disait rien. Il avait résumé les faits en trois phrases avant de conclure, j'arrête, et depuis silence sur les ondes, et une expression du visage qui n'encourageait personne. On est restés là, il fumait, j'échangeais avec ceux qui passaient de temps à autre et nous donnaient le bonsoir, la lumière déclinait au-dessus de la Loire, j'avais fini par m'habituer, par penser à autre chose et suivre mon propre fil, je n'étais pas pressé, j'avais prévu de passer la nuit ici, sur le trajet Civaux-Flamanville à peine un détour, c'est venu en temps et en heure, sans quitter sa position, sans même me regarder, il m'a dit, je rentre demain à Lorient, tu me rejoindras fin septembre, après Flamanville, on trouvera quelque chose, du boulot, ils embauchent aux autoroutes, un boulot propre. J'ai dit, non. Je l'ai dit en écrasant sa énième cigarette, calmement. C'est sorti malgré moi.

Le soir, sur la table de la caravane, parce qu'il avait besoin d'argent, j'ai racheté sa part dans la 306. Il a tenu à faire ça dans les règles, avec un document signé et un exemplaire pour moi. On a fini la soirée dans les histoires communes et les bons moments passés ensemble, comme si en trois ans et trois mois, c'était une demi-vie de travail qui défilait. Le lendemain, je devais me présenter à dix heures à la centrale pour les formalités d'entrée, départ sept heures, réveil à six heures trente, lui avait réservé une Clio chez Avis, le temps de mettre un peu d'ordre et de boucler ses bagages, on s'est quittés là-dessus, moi vite fait, on se revoit d'ici la fin de l'année à Lorient, et lui dans le silence. Aujourd'hui encore, je ne sais pas s'il avait quelque chose en tête à ce moment-là, un scénario, ou si c'est venu plus tard, je n'ose pas imaginer qu'il a vécu comme ça ce dernier moment, dans la brutalité de ce que ça voulait dire, l'odeur du café, mes paroles un peu creuses où l'on comprend que j'ai déjà la tête ailleurs, et la poignée de main. Lui avant que je parte, dans un sursaut, sur le coup je ne comprends pas pourquoi, s'assoit sur la couchette, le temps d'enfiler son t-shirt et son jean, deux gorgées de café et un coup de peigne, histoire d'être présentable, c'est comme ça qu'il le dit en blaguant, que je garde en tête de lui autre chose que sa tête des mauvaises nuits qui émerge du sac de couchage, jusqu'à la dernière image, il est debout, vivant, sur le marche-pied de la caravane, il allume une cigarette, et de la main qui tient le briquet il fait un signe quand je démarre, ceux de l'équipe du matin s'en vont, ceux de l'équipe de nuit ne vont pas tarder, dans l'intervalle le jour se lève au-dessus de la Loire, il entend tout ça, le réveil des bords de Loire et le trafic plus loin sur le pont, et pourquoi rien de ce qu'il voit ou de ce qu'il entend ne le ramène de là où il est ? Après il y a la colère pour ceux qui restent. Des gens que sa disparition met en colère, qui lui en veulent et se reconnaissent dans le vide qu'il a laissé, c'est déjà ça. Il roulait en direction de Ploërmel. Il avait quitté la voie express à Plélan. Il ne s'est pas rabattu après le dépassement d'une camionnette en sortie de village, il n'a pas réagi aux appels de phares. On a le témoignage des deux chauffeurs. Celui de la camionnette et celui du poids lourd qui arrivait en face.

Il y a de grandes plages au nord de Royan, après Saint-Palais et le phare de Terre-Nègre. Des kilomètres de plage. Et pour fixer les dunes et prévenir l'envahissement par le sable, la forêt de la Courbe plantée de pins et de chênes-lièges, avec au milieu l'enclave de La Palmyre et le zoo. Il faut aller marcher là-bas, disait Loïc, le long de la mer, se laver de toute cette saleté. Royan et Lorient, unies par le destin commun d'avoir été rasées puis reconstruites. Et les vestiges du mur de l'Atlantique d'un bout à l'autre. Il faut fermer les fenêtres. Il ne faut pas bouger. Je ne suis pas sûr que ça serve à quelque chose. Je ne suis pas sûr que ça nous protège de quoi que ce soit. Il n'y a que le plomb. Le plomb a cette propriété, et le béton des murs, mais il faut déjà atteindre une certaine épaisseur. Ici les murs n'arrêtent rien. À moins de s'enfermer dans un blockhaus. Combien de centaines de blockhaus le long de la côte atlantique ? Construits avant l'ère atomique, on pourrait les reconvertir. Certains l'ont fait, qui avaient une casemate au fond de leur jardin et aucun moyen de la faire sauter sans faire sauter la falaise. Les murs n'arrêtent rien, pourtant les Suédois ont pris des mesures, les Finlandais aussi, ils ont donné des consignes, ne pas ouvrir les fenêtres, couper les systèmes de ventilation, limiter les déplacements. Dans les villages exposés, les rues sont désertes, et les parcs, les cours d'écoles, les bacs à sable et les balançoires dans les jardins, tandis que le vent souffle sur les plages, les enfants dans les crèches comme les pensionnaires derrière les vitres des maisons de retraite vivent en circuit fermé.

On peut ne pas y croire et rester cantonné malgré tout, au cas où. Ils sont sous le nuage. Que faire quand on est sous le nuage et que les systèmes de contrôle s'alarment ? Alors que tout est normal, qu'aucune défaillance n'a été signalée dans les installations du pays — ce que les Suédois ont cru au début, à un incident dans une de leurs centrales. Tout est normal, ça vient de l'est, du sud et de l'est, dans le sens normal des aiguilles d'une montre, les vents de l'hémisphère nord tournent ainsi dans les anticyclones, tout ce qui vient du nord-est descend vers le sud-ouest, et de la même façon remonte de l'Union soviétique vers les pays scandinaves. Au matin du 27 avril 1986, le vent souffle sur les plages de la mer Baltique. Un vent du sud après six mois d'hiver. L'espace immense du sable et de la mer est balayé, et des voiliers filent au large. Et des gens marchent pieds nus et les pieds rouges dans le sable glacé pendant des kilomètres, ceux qui cherchent l'ambre au bord de l'eau comme après les tempêtes pour en faire le commerce mais là juste pour le plaisir, et ceux qui ne cherchent rien, qui profitent du calme, de la douceur de l'air et du ciel bleu, de tous les bienfaits de l'anticyclone qui a bien voulu quitter ses quartiers d'hiver et descendre de Sibérie vers les grandes plaines céréalières, en Ukraine comme ailleurs, partout l'envie d'exposer sa peau aux rayons du printemps est la plus forte, la peau nue et blanche, les landaus ouverts, sous le soleil du dernier dimanche d'avril, chacun admire le ciel et espère qu'il fera beau jeudi, au-dessus des cortèges du 1er mai.

CHINON   9

LE BLAYAIS   75

DU MÊME AUTEUR

Aux Éditions P.O.L

LA CENTRALE, 2010 (Folio n° 5305).

COLLECTION FOLIO

Dernières parutions

6022. François
de La Rochefoucauld — *Maximes*
6023. Collectif — *Pieds nus sur la terre sacrée*
6024. Saâdi — *Le Jardin des Fruits*
6025. Ambroise Paré — *Des monstres et prodiges*
6026. Antoine Bello — *Roman américain*
6027. Italo Calvino — *Marcovaldo* (à paraître)
6028. Erri De Luca — *Le tort du soldat*
6029. Slobodan Despot — *Le miel*
6030. Arthur Dreyfus — *Histoire de ma sexualité*
6031. Claude Gutman — *La loi du retour*
6032. Milan Kundera — *La fête de l'insignifiance*
6033. J.M.G. Le Clezio — *Tempête* (à paraître)
6034. Philippe Labro — *« On a tiré sur le Président »*
6035. Jean-Noël Pancrazi — *Indétectable*
6036. Frédéric Roux — *La classe et les vertus*
6037. Jean-Jacques Schuhl — *Obsessions*
6038. Didier Daeninckx –
Tignous — *Corvée de bois*
6039. Reza Aslan — *Le Zélote*
6040. Jane Austen — *Emma*
6041. Diderot — *Articles de l'Encyclopédie*
6042. Collectif — *Joyeux Noël*
6043. Tignous — *Tas de riches*
6044. Tignous — *Tas de pauvres*
6045. Posy Simmonds — *Literary Life*
6046. William Burroughs — *Le festin nu*
6047. Jacques Prévert — *Cinéma* (à paraître)
6048. Michèle Audin — *Une vie brève*
6049. Aurélien Bellanger — *L'aménagement du territoire*

6050. Ingrid Betancourt — *La ligne bleue*
6051. Paule Constant — *C'est fort la France !*
6052. Elena Ferrante — *L'amie prodigieuse*
6053. Éric Fottorino — *Chevrotine*
6054. Christine Jordis — *Une vie pour l'impossible*
6055. Karl Ove Knausgaard — *Un homme amoureux,
                                Mon combat II*
6056. Mathias Menegoz — *Karpathia*
6057. Maria Pourchet — *Rome en un jour*
6058. Pascal Quignard — *Mourir de penser*
6059. Éric Reinhardt — *L'amour et les forêts*
6060. Jean-Marie Rouart — *Ne pars pas avant moi*
6061. Boualem Sansal — *Gouverner au nom d'Allah
                            (à paraître)*
6062. Leïla Slimani — *Dans le jardin de l'ogre*
6063. Henry James — *Carnets*
6064. Voltaire — *L'Affaire Sirven*
6065. Voltaire — *La Princesse de Babylone*
6066. William Shakespeare — *Roméo et Juliette*
6067. William Shakespeare — *Macbeth*
6068. William Shakespeare — *Hamlet*
6069. William Shakespeare — *Le Roi Lear*
6070. Alain Borer — *De quel amour blessée
                        (à paraître)*
6071. Daniel Cordier — *Les feux de Saint-Elme*
6072. Catherine Cusset — *Une éducation catholique*
6073. Eugène Ébodé — *La Rose dans le bus jaune*
6074. Fabienne Jacob — *Mon âge*
6075. Hedwige Jeanmart — *Blanès*
6076. Marie-Hélène Lafon — *Joseph*
6077. Patrick Modiano — *Pour que tu ne te perdes pas
                            dans le quartier*
6078. Olivia Rosenthal — *Mécanismes de survie
                            en milieu hostile*
6079. Robert Seethaler — *Le tabac Tresniek*
6080. Taiye Selasi — *Le ravissement des innocents*

6081. Joy Sorman   *La peau de l'ours*
6082. Claude Gutman   *Un aller-retour*
6083. Anonyme   *Saga de Hávardr de l'Ísafjördr*
6084. René Barjavel   *Les enfants de l'ombre*
6085. Tonino Benacquista   *L'aboyeur*
6086. Karen Blixen   *Histoire du petit mousse*
6087. Truman Capote   *La guitare de diamants*
6088. Collectif   *L'art d'aimer*
6089. Jean-Philippe Jaworski *Comment Blandin fut perdu*
6090. D.A.F. de Sade   *L'Heureuse Feinte*
6091. Voltaire   *Le taureau blanc*
6092. Charles Baudelaire   *Fusées – Mon cœur mis à nu*
6093. Régis Debray
      et Didier Lescri   *La laïcité au quotidien.*
                              Guide pratique
6094. Salim Bachi   *Le consul* (à paraître)
6095. Julian Barnes   *Par la fenêtre*
6096. Sophie Chauveau   *Manet, le secret*
6097. Frédéric Ciriez   *Mélo*
6098. Philippe Djian   *Chéri-Chéri*
6099. Marc Dugain   *Quinquennat*
6100. Cédric Gras   *L'hiver aux trousses.*
                              Voyage en Russie
                              d'Extrême-Orient
6101. Célia Houdart   *Gil*
6102. Paulo Lins   *Depuis que la samba est samba*
6103. Francesca Melandri   *Plus haut que la mer*
6104. Claire Messud   *La Femme d'En Haut*
6105. Sylvain Tesson   *Berezina*
6106. Walter Scott   *Ivanhoé*
6107. Épictète   *De l'attitude à prendre*
                              envers les tyrans
6108. Jean de La Bruyère   *De l'homme*
6109. Lie-tseu   *Sur le destin*
6110. Sénèque   *De la constance du sage*
6111. Mary Wollstonecraft   *Défense des droits des femmes*

6112. Chimamanda Ngozi
        Adichie   *Americanah*
6113. Chimamanda Ngozi
        Adichie   *L'hibiscus pourpre*
6114. Alessandro Baricco   *Trois fois dès l'aube*
6115. Jérôme Garcin   *Le voyant*
6116. Charles Haquet
        et Bernard Lalanne   *Procès du grille-pain*
                                     et autres objets qui
                                     nous tapent sur les nerfs
6117. Marie-Laure Hubert
        Nasser   *La carapace de la tortue*
6118. Kazuo Ishiguro   *Le géant enfoui*
6119. Jacques Lusseyran   *Et la lumière fut*
6120. Jacques Lusseyran   *Le monde commence*
                                     aujourd'hui
6121. Gilles Martin-Chauffier   *La femme qui dit non*
6122. Charles Pépin   *La joie*
6123. Jean Rolin   *Les événements*
6124. Patti Smith   *Glaneurs de rêves*
6125. Jules Michelet   *La Sorcière*
6126. Thérèse d'Avila   *Le Château intérieur*
6127. Nathalie Azoulai   *Les manifestations*
6128. Rick Bass   *Toute la terre*
                                     qui nous possède
6129. William Fiennes   *Les oies des neiges*
6130. Dan O'Brien   *Wild Idea*
6131. François Suchel   *Sous les ailes de l'hippocampe.*
                                     Canton-Paris à vélo
6132. Christelle Dabos   *Les fiancés de l'hiver.*
                                     La Passe-miroir, Livre 1
6133. Annie Ernaux   *Regarde les lumières*
                                     mon amour
6134. Isabelle Autissier
        et Erik Orsenna   *Passer par le Nord. La nouvelle*
                                     route maritime
6135. David Foenkinos   *Charlotte*

6136. Yasmina Reza   *Une désolation*
6137. Yasmina Reza   *Le dieu du carnage*
6138. Yasmina Reza   *Nulle part*
6139. Larry Tremblay   *L'orangeraie*
6140. Honoré de Balzac   *Eugénie Grandet*
6141. Dôgen   *La Voie du zen. Corps et esprit*
6142. Confucius   *Les Entretiens*
6143. Omar Khayyâm   *Vivre te soit bonheur !*
                                    Cent un quatrains
                                    de libre pensée
6144. Marc Aurèle   *Pensées. Livres VII-XII*
6145. Blaise Pascal   *L'homme est un roseau pensant.*
                                    Pensées (liasses I-XV)
6146. Emmanuelle
      Bayamack-Tam   *Je viens*
6147. Alma Brami   *J'aurais dû apporter des fleurs*
6148. William Burroughs   *Junky* (à paraître)
6149. Marcel Conche   *Épicure en Corrèze*
6150. Hubert Haddad   *Théorie de la vilaine*
                                    petite fille
6151. Paula Jacques   *Au moins il ne pleut pas*
6152. László Krasznahorkai   *La mélancolie de la résistance*
6153. Étienne de Montety   *La route du salut*
6154. Christopher Moore   *Sacré Bleu*
6155. Pierre Péju   *Enfance obscure*
6156. Grégoire Polet   *Barcelona !*
6157. Herman Raucher   *Un été 42*
6158. Zeruya Shalev   *Ce qui reste de nos vies*
6159. Collectif   *Les mots pour le dire.*
                                    Jeux littéraires
6160. Théophile Gautier   *La Mille et Deuxième Nuit*
6161. Roald Dahl   *À moi la vengeance S.A.R.L.*
6162. Scholastique Mukasonga   *La vache du roi Musinga*
6163. Mark Twain   *À quoi rêvent les garçons*
6164. Anonyme   *Les Quinze Joies du mariage*
6165. Elena Ferrante   *Les jours de mon abandon*

Composition Nord Compo
Impression Novoprint
à Barcelone, le 23 janvier 2017
Dépôt légal : janvier 2017
1ᵉʳ dépôt légal dans la collection : septembre 2011

ISBN 978-2-07-044323-9./Imprimé en Espagne.